時光另一邊

夏海——著

目　次
CONTENTS

第一章
吳司年視角　006
林昀晞視角　024

第二章
吳司年視角　044
林昀晞視角　058

第三章
吳司年視角　074
林昀晞視角　087

第四章
吳司年視角　102
林昀晞視角　123

第五章
吳司年視角　142
林昀晞視角　159

第六章
吳司年視角　184
林昀晞視角　206

番外
吳司年視角　232
林昀晞視角　248

後記　269

第一章

吳司年視角

學院裡死了一個女學生。

這是我早上睡醒時，收到的第一條訊息。

這世界真是一團垃圾。

一個禮拜後，我就站在葬禮會場。

雨下得很大，莫名其妙地大。

臺北的冬天除了又溼又冷外，什麼時候也開始下起這樣的大雨了？

這城市只會下雨，連都市計畫都不會，然後為什麼停車場到會場沒有遮雨棚？

我腳上的皮鞋可是價值很多英鎊啊。

我走進便利商店裡，大約二十初歲的店員一臉厭世，我不覺得我的表情有好多少。

在排隊等結帳的時候，我對著落地窗整理了一下儀容，黑色襯衫配上黑色西裝，我覺得自己穿得很得體。

我喜歡自己穿著得體，這也算是一種職業上的必須，尤其是在這種場合。

雖然實在很不想這麼說，但對於參加學生葬禮這件事情，我慢慢開始得心應手了。

想到這裡，我望著陰沉的天空，罵了句髒話。

「吳教授今天心情不好？」一道似笑非笑的聲音傳進我耳中。

我轉過頭，發現也是一襲黑衣的駱皓。

駱皓是我的同事，特色是長得很好看，長年盤踞「女大生性幻想排行榜」第一名，加上玩世不恭的個性和還算可以的學術實力，他在學院裡混很開。

但我跟他不熟，而且我今天實在沒什麼跟人閒聊的心情。

駱皓見我沒什麼反應，很快換了個話題，「吳教授跟林昀晞熟嗎？」

我聳聳肩，沒有講話。

這答案還重要嗎？人都死了。

莫名其妙地死了。

怎麼這麼年輕就死了呢？

我想不通。

駱皓沒有再試圖跟我搭話，默默跟我並肩走著，身後是整片鴿灰色的天空。

走到葬禮會場前，駱皓把他手上的咖啡遞給我，從咖啡的香氣來看，應該不便宜。

「給你，你臉色看起來很差。」駱皓說。

我接過，「我昨天比較晚睡。」

駱皓像在打量外星生物一樣看著我，「幹我們這行的會睡覺？」
我看著低頭在葬禮名冊上簽名的駱皓。
他說得確實很有道理，學術圈裡沒人擁有自己的生活，當然也沒人在睡覺。
這世界就是一團垃圾。
駱皓把筆遞給我，我低頭簽名冊的時候才發現：「原來你的名字是白部旁嗎？」
駱皓也不生氣，「對啊，我之前改名了。」
「難怪。」我點點頭，接過筆，也在名冊上簽了名。
等到我再抬起頭的時候，才發現駱皓正用一種似笑非笑的惡作劇性表情看著我。
我思考了好幾秒才知道，「你其實沒改過名是吧？」
駱皓揚起笑，「是啊。」
氣氛頓時有點尷尬。
駱皓聳聳肩，滿臉無所謂，「葬禮要開始了。」
我跟他併肩走進葬禮會場，顯得我們南澤大學的同事關係真的跟那些刻意營造出來的宣傳畫面一樣好。
為了符合這畫面的調性，我打算偶爾當個好人，隨便跟駱皓閒聊幾句，「你是教東亞思想史的嗎？」
駱皓笑了一下，「差不多吧，我教西政哲（西方政治哲學）。」

我覺得今天不是一個跟同事閒聊的好天氣。

駱皓瞄了我一眼，「我們一起工作多少年了？三年？五年？」

我直接走進葬禮會場裡。

葬禮就是葬禮。

只是我看著高掛靈堂上的遺照，無可避免的覺得突兀。

那張照片裡的林昀晞對著鏡頭笑得很漂亮，但濾鏡套得非常重，天空的顏色很假。

整張照片都很假，連站在那張照片裡的林昀晞都很假。

因為，我認識的林昀晞是個不會笑的人。

我教過她幾堂課，面對面見過她幾次，她都不怎麼笑，總是一副在思考什麼的表情。

是個沒什麼表情的人，我記得，連話都不怎麼講的一個女孩子。

「你之前參加過學生的葬禮嗎？」駱皓打斷了我的追思，低聲問我。

「有啊。」我努力擠出點笑，因為想不出更好的表情，「都覺得那些學生比我這種傢伙更有機會的啊，怎麼就死了呢？」

是啊，怎麼就死了呢？

那個總是一副很難相處的樣子，卻非常聰明的女孩子，怎麼就死了呢？

然後我看著葬禮上那些西裝筆挺的教授們，這些高級知識分子每個都面無表情，看不出是在參加一場葬禮還是學術研討會議。

天殺的，不能悲傷點嗎？不能像個人一點嗎？

這裡有個學生死了啊！二十歲就死了啊！

我很想大吼，很想生氣，但我連生氣都沒有力氣。

我已經失去了表達情緒的能力。

旁邊的窗戶映照著我的身影，很優雅的穿著，很矜貴的姿態，雨水敲打著玻璃，每滴透明的水珠都折射出我的臉，千篇一律的斯文和死氣沉沉。

我看起來跟周圍的人，沒有一點差別。

不知道為什麼，我總有種下一秒就要窒息的錯覺。

所以我握緊拳頭，刻意讓指甲深深掐進肉裡。

很痛，很真實，有種生命還在運轉的感覺。

血好像滴出來了？

站我隔壁的駱皓給我遞來一張面紙，墨黑的瞳孔映照出我空蕩的表情。

他沒有說話。

整間葬禮會場安靜得像是空的一樣，只有誦經的聲音幽幽迴盪。

葬禮結束後，駱皓很有禮貌地對剛剛的事情閉口不提，只是說，「這是我第一次參加學生的葬禮。」

「希望是最後一次。」我將喝空了的咖啡紙杯丟進垃圾桶裡，白淨的紙杯上有著淺淺的血跡。

「我也這麼希望。」駱皓四十五度角仰望天空，這個畫面離時尚攝影只差拍攝。

我斜斜倚著牆，灰石子牆面的水氣滲進我的襯衫，溼淋淋的寒意刺進骨子，讓我一瞬間覺得這個南方小島比倫敦冬天還要冷。

駱皓撇過臉看我，「吳教授臉色不太好。」

「還好。」我接過他遞來的普拿疼，配著水吃了。

雨慢慢變小了。

滴滴答答，駱皓淋著雨告訴我，「吳教授的教學評鑑報告還沒交。」

我愣了兩秒才反應過來，「你在學生的葬禮會場上談這個？」

駱皓聳聳肩，笑了笑，「是姜青要我提醒你的。」

「她特別要求你在殯儀館提醒我是吧？」

駱皓笑了笑，只說他還有課要教，就先走了。

我看著他的背影，覺得整個世界都很荒謬。

雨像極了不肯放手的恐怖情人，死死地霸占著暗沉的天空。

我又走進便利商店，想買一包菸。

這次排隊的人又更多了，我打開手機打發時間，螢幕裡跳出來一則財經新聞。

新聞在報導那些重壓中國科技公司股票的可悲投資人，在被大約負百分之四十的投資收益狠甩一巴掌後，就買下了去歐洲滑雪的機票，假裝「忘記交易密碼」一段時間，不過新聞的末尾寫著：「在下坡段時還是容易想到股票」，一想就心痛。

我冷笑一聲，心痛算個什麼？隨便去個博士班蹲幾年，保證連心在哪裡都感覺不到。

其實當上教授後我就很少抽菸了。

但就像那些賠上大半身家的落魄投機客一樣，我覺得我現在也有「忘記交易密碼」的資格，假裝我一個小時後沒有課要上。

我看著亮度低得沒道理的天空，想著這雨溼溼黏黏地在這城市裡蔓延，但我和許多人竟然都活到了今天。

除了林昀晞以外，都活到了今天。

細雨紛紛零落，白淨菸身夾在我指尖，沒有渺渺的煙。

但我沒把菸點燃可不是因為這樣更適合寫一首詩，而是因為我沒有打火機。

這理由太愚蠢，愚蠢到我寧可假裝我是為了寫一首詩而銜著根沒點燃的菸，而非走進便利商店花幾個錢買打火機。

我其實不缺錢，但有時候為了不要顯得很愚蠢，我會做出更加愚蠢的事情。

一道女聲叫住了我，聲音很涼、很冷，「吳教授需要打火機嗎？」

朝我走過來的女性身材纖瘦，穿著長及腳踝的墨色風衣，如同一團會移動的陰影。

雖然我跟學院裡的人大多不熟，但我很快就認出來那女生是姜青。

姜青很有名。

她是社科院院長的得意門生，聰明、冷靜、做事縝密，雖然只是個還在唸博士班的年輕女生，但學院裡沒有一件事不經過她的手。

說實話，她遞過來的打火機我還真不敢接，「沒事，少抽點菸對身體也比較好。」

姜青把打火機收回風衣口袋裡，「吳教授現在有空嗎？」

「你有什麼事就直說吧。」我很清楚姜青這種人根本不可能沒事找我閒聊。

姜青研究了幾秒我的表情，「吳教授可以幫忙寫這件自殺案的報告嗎？」

這干我什麼事，「不是一個年輕同事去寫嗎？」

「吳教授是指江河嗎？」

「我不知道他叫什麼名字。」

姜青點點頭，「他叫江河。」

我只好也點點頭，假裝我會記得。

姜青迅速拉回正題，「所以吳教授可以幫忙寫報告嗎？」

托駱皓的福，我也迅速想好了藉口，「我的教學評鑑報告還沒交。」

「我可以幫吳教授寫完。」

「我去年的也沒交。」

姜青面不改色，「我可以把明年的也提前寫好。」

我繼續掙扎，「我等等還有課。」

姜青早就預判了我的預判，「我已經把吳教授這禮拜的課全都調開了。」

我有點被震驚到不知道該怎麼回應。

真說起來，姜青也沒比林昀晞大上多少歲吧？

怎麼……這麼……我一時之間想不到適合的形容詞。

只能說，我覺得姜青是一個沒有心的人。

沒有感情、沒有心跳，只有精準算計，先聲奪人，先所有可能性之先。

姜青望著我，聲音裡沒有任何情緒，「吳教授在想什麼？」

「沒想什麼。」我下意識地就這麼回答。

姜青沒有接話，一雙年輕的眼睛墨沉沉地看著我。

兩人就這麼沉默了幾秒。

幾秒後，我說，「你那打火機借我吧。」

姜青從風衣口袋裡掏出打火機，是特別經過防燙傷設計的安全款式。

我接過那打火機，橘紅的火光後尾拖著妖豔的藍，「你抽菸嗎？」

姜青愣了下，好像覺得這問題有點太私人了，但她還是禮貌回答，「看狀況。」

「哦，那現在是你想抽菸的狀況嗎？」

姜青瞄了我一眼，「吳教授可以抽菸，沒關係的。」

我聳聳肩，把打火機還給姜青，「算了，你應該不習慣菸味吧，我不抽也行。」

「對了，你有參加過學生的葬禮嗎？」我隨口一問。

「我幾年前參加過我同學的。」姜青把玩著打火機，「那時候也在下雨。」

今天姜青特別喜歡提起會讓我想抽根菸的話題，「你跟那同學熟嗎？」

「一起吃過幾次飯。」姜青低頭將打火機收進口袋裡，垂落的黑髮遮住了她的表情。

我現在真的很想抽根菸了，「我很遺憾。」

姜青面無表情，「沒關係。」

沉默了兩秒後，她接著問，「吳教授可以幫忙寫這件自殺案的報告嗎？」

「好啊。」我想也沒想。

姜青似乎有點意外於我的爽快，但她很快就接話，「那就麻煩吳教授了。」

我聳聳肩，反正我不可能拒絕她。

面對面見識過姜青的冷漠和手段，我只能說我還想活久一點。

「如果吳教授有什麼需要可以通知我，我來處理。」姜青說話的時候瞄了眼手錶。

那我也不廢話了，「幫我找一下原本負責這案子的年輕同事。」

「沒問題，我會讓他在今天結束以前聯繫吳教授。」

「好，那你先去忙吧。」我不用想也知道姜青極其忙碌。

「我叫的Uber剛好到了，需要幫吳教授也叫一臺嗎？」姜青很客氣。

「不用了，我自己開車來的。」

「那我先走了。」姜青說完就裹著她那如巨大烏雲一樣的長風衣走了，同樣黑色的高跟鞋濺起了地上的積水，灑在我的西裝褲上。

那條西裝褲是Armani的。

我討厭這世界上所有會呼吸的生物。

十分鐘後，我收到一封學校內部系統裡的電子郵件，寄件人是江河。

江河在郵件裡簡單寫著：他是負責林昀晞自殺案的人，如果需要的話，他晚上七點後有空。

「但我沒空」，我直覺性地就打下這行字。

不過在考量到姜青已經把我全部的課調開，並且完全有能力徒手把我的天靈蓋打開後，我打了通電話給認識的餐廳，訂了七點半的位子。

在我把訂位連結用學校內部郵件發給江河的三分鐘後，江河就回覆他會準時抵達，還附上了林昀晞的死因鑑定給我。

我打開那份報告看了幾眼就漠然地轉過身，走進便利商店裡買了個打火機。

雨一直下，我參加的每一場葬禮，都有或大或小的雨當背景。

離別的時候特別容易下雨。

冒著雨，我穿越好幾個巷口去開我的車，整條街上都是晃動的羽絨衣。

羽絨衣很醜，好像是幾年前流行起來的新科技吧，我一向跟新的東西不合，身上的大衣已經穿了有十年。

我是很老派的人，十幾歲就喜歡的東西會喜歡十幾年的那種，非常老派的人。

沒有社群軟體、沒有電子書籍，習慣在襯衫口袋裡別上一支鋼筆，我很自豪自己身上那些屬於舊世紀的產物。

開著最後幾批全德國製的賓士，穿梭在狹窄的巷弄，雨淅瀝嘩啦，像在哀弔某些來不及變老的年輕。

變老很好，我流暢地踩著剎車與油門，回到空蕩蕩的家。

冰箱裡什麼都沒有。

真是毫不意外啊，一個人生活就會過得很野蠻，覺得還有呼吸跟心跳就算健康。

我坐下來，餐桌上放著隔壁同事給我的書，隨手翻了幾下，是講研究倫理的，很重要的議題，但我沒興趣。

所以我站起來，在櫥櫃裡翻找了一下，很好，我的記憶力一如既往。

白色的系統櫃裡沒有食物、沒有廚具，但有一瓶威士忌。

哦，還有製冰盒，雙人牌的製冰盒，我之前去德國參加學術研討會特地買的。

面對生活的毒打，我就只剩這麼一點還手能力。

威士忌不冰就能喝，沒加冰塊也能喝，特別方便。

我倒了杯威士忌在大學發的馬克杯裡，隨便從書堆裡抽了一本書。

是一本用日語寫成的小說，書名叫《跳躍吧！敵人同志》，不知道打哪來的，但寫得很精采。

翻過了幾頁，我喝掉一杯威士忌，翻了幾個章節，再喝掉幾杯威士忌，如此往復。

我最後的記憶停在那本書最後一頁上面密密麻麻的註解，九成九是連衣服都沒來得及換，就倒在地板上睡著了。

絢爛的陽光刺進我的眼睛。

我掙扎著戴上眼鏡，時鐘的指針指著七，早上七點。

我昨天肯定沒見到那個已經忘記名字的年輕同事。

他不會生氣吧？

算了，他生氣也無所謂，姜青別把尖刀捅進我心臟裡，我就算祖上積了三千德。

踩著發熱的地板，我的體感溫度絕對超過二十五度。

這絕不是臺北冬天的溫度。

即使覺得怪異，身體卻已經用本能幫我寫好章程。

我機械式地鋪床、刷牙、刮鬍子、更衣，像自動導航的機器人，沒有靈魂。

走到衣櫃前，我在貼身的白色短袖上面疊上灰色襯衫，換上黑色西裝褲，熟練地打好領帶，然後走向廚房。

打開冰箱，裡面有一手臺啤，兩盒……等等臺啤？

一手？臺啤？到底打哪來的⁉

但我沒有太多時間疑惑，因為我早上八點有一堂課要教。

說真的，我想不到任何一個比早八更適合教馬克思的時間點。

如果無產階級要起義，那我誠摯建議在禮拜一早上八點這個時間段，成功率肯定高。

因為資本主義是罪惡的根淵，早八則是對靈魂的鞭笞。對學生跟我都是。

我去你的現代社會。

今天是好天氣，陽光把城市曬到發亮，那些辛苦拚搏的人於是看起來更快樂了一點。

就只是一點，因為房價還是很高、路上還是很擠，城市還是交給不專業的人在運轉。

我開著賓士，車上的冷氣很足，手機上的天氣顯示著氣溫二十八度。

昨天不是還只有八度多一點嗎？

全球暖化我不是很懂、大氣科學我更是完全不懂，但在短短不到二十四小時裡面就有超過十幾度的溫差，這對於一個熱帶小島來說是合理的嗎？

沒事，更不合理的事情還在後頭等著我呢。

南澤大學跟所有歷史悠久並且保存良好的大學一樣，擁有古典的紅磚外觀和帶點巴洛克風格的建築美學。

漂亮是確實漂亮，但當我需要每天穿越八十七個把身體凹成蜘蛛精的網紅之後，我就想在鐵皮屋裡上班。

說歸說，前面那倚著牆看書的網紅長得挺標緻，連書都挑了傅柯，氛圍感直接拉滿。

不得不說為了拍出時尚大片，這些年輕人也是很拚啊。

然後那個年輕人抬起頭，我差點把昨天的晚餐吐出來，「姜……姜青!?」

姜青面無表情，「吳教授一直看我，是找我有什麼事嗎？」

該來的總是會來。

橫豎都是一刀，那不如在這裡來個痛快。

我抱著去刺殺列寧的心情，大義凜然，「昨天我喝醉了，沒去找江河。」

姜青直直盯著我，眼神像在看瘋子，「吳教授是不是壓力很大？」

「啊？」我寧可姜青關心我的器官能夠賣多少錢。

「學校裡沒有江河這個人。」姜青冷然宣布。

我背脊發涼。

姜青絕對不會在這種事情上面騙我。

她是劉叡的得意門生，做事縝密、出手精準，是學院裡僅次於劉叡的第二把交椅。

如果她說沒有，那就是沒有。

她沒有騙我的動機。

但是，她確確實實是騙我了。

為什麼？她要什麼？

「吳教授需要心理諮商服務嗎？」姜青的語調裡沒有情緒。

「不需要。」我咬牙切齒。

想想這實在太失態，我硬是補了一句，「謝謝關心。」

姜青仍然沒有表情，「南澤大學有提供免費心理諮商服務給教職員工。」

「不是錢的問題。」

「那是？」

「那是我教課快遲到了。」我看了一眼錶，離上課只剩十分鐘。

姜青點點頭，「如果需要諮商服務的話，我可以幫忙預約。」

「不需要。」我轉頭就走。
然後，我聽到後面有個沉穩的男生聲音在對她說節哀。
節什麼哀？
我也沒時間細想，一路以不失體面的方式奔跑到二〇三教室。
教室裡坐得很滿，牆上的時鐘顯示著我遲到了兩分鐘。
「不好意思，遲到了。」我說，然後從公事包裡拿出《民主化的危機》，開始教課。
底下的學生表情逐漸扭曲，現在的學生有這麼多危機嗎？
「大家有什麼問題嗎？」出於禮節，我還是問了。
一個穿襯衫的男生舉手。
我點他起來，目光卻無法控制地定格在襯衫男隔壁的女生身上。
見鬼了。
真是見鬼了。
那女生，竟然跟已經死去的林昀晞長得一模一樣。
「林昀晞？」我脫口而出，聲音顫抖。
那女生看向我，禮貌的語氣中帶著巨大的困惑，「你找我有什麼事嗎？」
有。
有事。

有很多事。
最大的一件事就是：你為什麼還活著？

林昀晞視角

我為什麼還活著？

雖然我確實主修政治哲學，學過的理論比臺灣的大學還多，但我現在可不是在思考什麼艱澀高深的哲學問題。

我是非常純粹的想知道，我到底為什麼還活著？

因為這在物理上根本不可能！

不用閉上眼或什麼傷春悲秋的配樂，我都可以清晰回憶起自殺那天每秒鐘的細節，不管是風的質地、雨的溫度、還是天臺的長寬，我都可以很明確地轉述給別人聽。

如果我還有機會的話。

可是我親手放棄了所有，在從七樓的天臺往下跳的時候，就什麼都放棄了。

然後，我坐在了這間教室裡。

這裡我很熟悉，是南澤大學西側校園的教學樓，從窗戶望出去可以看到整排的鳳凰木，以及樹葉的間隙中透出來的紅磚牆，牆上有斑駁的痕跡。

我瞄了一下斜前面女生桌上的御飯糰，保存日期的年份寫的是我剛進大學那年。

靠，我這是穿越了嗎？

明明是個已經看過八百七十五本穿越網文的老手，但我現在還是困惑又驚慌。

我實在想不通為什麼那些重生爽文的女主角可以迅速適應，然後開始運籌帷幄報仇雪恨，一路升級打怪、鯉躍龍門，直接走上人生巔峰，成為重生之大明女帝。

欸不是，這題課本沒教、指考不考啊，這種重生穿越的題庫在什麼網站上才能搜到？

而且別人家的重生是血刃仇人、奪位謀權，再不濟也是拐個帥哥或是救個全家什麼的，為什麼到我就變成在學院裡聽教授講課？

「民主目前在世界各地遭遇了或深或淺的反挫，反挫是repercussion，雖然大家應該比較常看到backlash這個字，但學術圈通常使用repercussion。」講臺上的男人轉過身，把這個非常複雜艱深的英文單字寫在黑板上，讓我一下子沒法確定他是在教政治還是在教托福。

我隔壁那襯衫筆挺的男生靠過來，以一種很不屑的口氣問，「講臺上那男的是誰啊？」

雖然他看起來很像教英文的，但，「他是社科院的教授。」

那教授叫吳司年，博士剛畢業就寫了篇被一眾頂尖學者盛讚的論文，從只會埋首書堆做研究的年輕學者搖身一變成為學術界炙手可熱的明星，就此成為一個沒穿Armani就會窒息、不用超複雜英文單字就會心肌梗塞的政治系教授。

禮貌點講，他不是特別討人喜歡的那種教授。

太聰明、太矜貴、太尖酸刻薄，覺得全世界都很愚蠢。

那男生斜瞟了講臺上的男人一眼，口氣更不屑，「這堂是商學院的課。」

我疑惑，還沒來得及說點什麼，那男生就已經舉手了。

吳司年放下手中的書，看過來。

但他不是看著那個舉手的男生，而是看著我，表情像是撞邪。

真失禮，我是長得很邪門還是很冷門啊？

「你下課時來我辦公室一趟。」吳司年顫抖著說，看起來是真的很驚恐。

然後，他拿起手機看了一下，就逕直走出教室。

這到底是什麼狀況？

「我就說這節是商學院的課。」襯衫男說。

確實，那男生沒說錯。

因為在吳司年走後三十秒，一個穿著俐落套裝的短髮女生就走了進來，開始教會計。

對，會計，我恨死了會計跟balance sheet，因為我的sheet從來沒有balance過。

我大一的初階會計就這麼毫無懸念被死當了，但我也沒重修。

倒不是因為我特別硬氣還怎樣，單純只是因為我轉到了政治系，成為吳司年的學生。

雖然再也不用碰資產負債表，但畢業後大概也不會有什麼資產，頂多就是沒有負債。

不過我還是挺慶幸能離開商學院的，因為我在商學院時的生活就跟在會計課上的成就一樣，從來沒有balance過。

只是鬼使神差地，我現在又坐在了商學院的課堂上，上那該死的會計。

見鬼了。

真是見鬼了。

這到底什麼狀況？

「下課後一起吃飯。」我旁邊那個適合去華爾街搞金融風暴讓全世界破產的襯衫男這麼對我說。

或者該說命令比較合適，因為他的口氣太過理所當然，顯得能被他挑中一起吃飯是個天大的恩賜。

傲慢、自大、討人厭到極點，典型的商學院學生，畢業後會直接進瑞士信貸撈錢的那種。

一種生理性的厭惡讓我想起了當初到底是怎麼下定決心離開商學院。

趁著臺上教授轉過身去寫板書的時候，我拎起背包，再度逃離了商學院。

真是個天道好輪迴，別人重生是走向愛情事業雙豐收的圓滿大結局，我重生就變成走向學院外的花園，逃避上輩子跟這輩子都修不過的無聊會計課。

是不是我穿越的方式出了什麼問題？

抱怨歸抱怨，既然重生已成定局，那就看開點，面對它、接受它、放下它。

我一邊像個神棍般開導自己，一邊走向隱密的角落花園。

路上行人稀疏，畢竟現在才早上八點多，但凡是個有點私生活的大學生都不會在這種時候到這偏僻安靜的小角落裡鬼混。

但我忘記了這學院裡還有另外一群專注研究而近乎沒有私生活的族群：教授。

我看到吳司年的那一瞬間，吳司年也看到了我。

看他震驚的把剛點著的菸給抖落了，我也很震驚，「……燒起來了。」

吳司年一看地上的火星，趕忙把菸蒂踩熄，然後把菸蒂拿去垃圾桶丟掉。

我好像聽到向來形象矜貴的他罵了句髒話。

我跟在吳司年身後，很有禮貌地打了聲招呼，還特別咬重了「吳教授」那三個字。

使用上一世這個時間量詞有點奇怪，只能說我死之前，跟吳司年的關係確實不算好。

應該說是相當不好。

我從商學院轉進政治系後的第一堂課就是吳司年教的。

那時吳司年剛從英國念書回來，年輕張揚、名氣鼎盛，一聽到我之前唸商學院就在全班面前對我冷嘲熱諷了三分鐘，搞得我有整整一學期的時間都在計畫怎麼謀殺他最能脫罪。

我恨死他了，他也沒放過我，有事沒事都會找我搭幾句話，對我寫報告的主題指手畫腳，丟給我的建議書單總是寫得密密麻麻，彷彿不把我逼瘋不樂意。

吳司年轉過頭看著我，還是那驚魂未定的表情。

很好，我就是要吳司年這貨色狠狠體驗一把我當年在全班面前被羞辱的那三分鐘。

結果吳司年對著正陰沉算計的我，開口的第一句話卻是抱歉，「不好意思讓你看到老師這個樣子，我平常不抽菸的。」

不是，穿越就穿越，我這是換了一個平行時空嗎，怎麼這裡的吳司年這般溫良恭儉讓？

大概是看我一臉矇，吳司年還特別真誠地補了一句，「真的，我戒菸好幾年了。」

好棒，你的醫生聽到一定非常欣慰，可能還會給你幾顆糖獎賞你這段日子都乖乖。

但我又不是你的醫生！

我不想聽！我不在乎！

我要回去上課了，這世界太混亂，還是會計這種枯燥乏味又穩定的東西適合我。

這麼多的刺激我禁受不起啊，對心臟不好。

「你不用上課嗎？」吳司年撢了撢他外套袖口上的灰，估計那件也是Armani。

「不然跟我一起吃個飯？」他問，我的胃部一陣緊縮。

我慌不擇言，「我不吃飯。」

「嗯？」吳司年跟我同時注意到問題。

我順了順氣，也理一下思緒，「我是說我要上課。」

吳司年點點頭，「那你快點去上課吧。」

好，當然好，我頭也不回就跑。

真的，比起吳司年，會計課更適合我。

我坐在教室最後排，看著講臺上的會計老師激情演講資產負債表，非常感嘆。

時過境遷啊，沒想到當年會計期末考只拿十八分的我，現在能心甘情願地坐在這裡聽課。

要是我再早點認識吳司年，說不定就把商學院念完了，然後歡天喜地進哪家最黑心的銀行，對客戶資產做合法詐騙。

對的人終究還是在錯誤的時間遇見，一片真心也免不了這般被錯付。

會計課結束了。

真是聽君一席話如聽一席話，我懷著什麼都沒聽懂的空虛感走出教室。

才走出教室半秒鐘，我就看到一個女生朝我飛奔過來。

「林昀晞我跟你講！」顧喬溪個子小小的，有種任性的可愛，我們在補習班裡認識。

她色如春曉、雙眼放光，「今天來教政治哲學的教授長超帥的欸！」

「多帥？」我心不在焉地問，因為我可以感受到身後那股筆直射來的目光。

我不知道是誰的目光。

「我覺得比明星還帥！如果我之前跟你講的那部韓劇是他去演，我說不定就追完了。」顧喬溪繼續興奮地講著，她就是這種個性的人。

但我不是，所以我沒有專心聽她說話，而是轉過頭去看到底是誰在看我。

是吳司年。

從二樓走廊往下望，就會迎上吳司年的目光。

但距離相隔得太遠，我看不清他目光裡的情緒。

或許是我看得太久，顧喬溪也停下了話，順著我的目光看過去。

慘了，完蛋了，我一直這麼看著吳司年，該不會被別人以為我暗戀他吧？

社死，絕對社死。

喜歡教授已經夠丟臉，還偏偏挑上吳司年，我寧可別人以為我喜歡小混混。

還好，我的運氣比想像中還要好。

顧喬溪的目光完全被站在吳司年對面的男人給吸引走。

她興奮地尖叫，「我說那個很帥的教授就是他，是不是很帥！」

我本來沒注意到吳司年對面還站了個人，現在定睛仔細一看，哦，確實挺帥。

男人穿著時髦修身的酒紅色西裝，領帶打得有點歪，眉眼深邃的臉上橫著細框眼鏡。

雖然隔得很遠，但我就是可以感覺到那男人在笑，很玩世不恭的、帶點戲謔卻沒有惡意的笑。

我對這張臉，或說是會坦然穿著西裝走在南澤大學裡卻有這般痞氣的男人有印象。

不需要太多腦容量，我就可以確認那男人叫駱皓。

「行走的賀爾蒙」、「學院版金城武」、「穿著西裝的臉蛋天才」，太多針對駱皓長相的封號。讓人很容易忘記他其實是來南澤大學教書，而非來這裡選秀。

然後，顧喬溪二話不說拉著我的手衝下樓，直說要帶我領略一下社科院男人的魅力。

不是，等等，我沒有說好欸！

而且《跟騷法》過了啊大姊！你這樣雖然算不上跟蹤，但肯定是在騷擾駱教授吧！

可是顧喬溪根本就管不了這麼多，暴衝時的顧喬溪很可怕，看到帥哥暴衝時更可怕。

當然，我這裡沒有要說顧喬溪是花癡的意思。

只要看過她是怎麼在兩個月內讓自己的分數高到考進南澤大學——這種全國如果不是第一，也肯定得是前三的頂尖大學，就會覺得她是瘋子。

禮貌點說，是個狂熱的人。

我最近試圖當個禮貌點的人。

很顯然，吳司年也在親身實踐這個有禮貌運動。

因為我才剛到一樓，吳司年就轉過身，很客氣地打了個招呼，「林同學。」

哎呀，這男人的適應力真強，半小時前還一臉撞邪，現在就人模人樣了。

駱皓把手插在口袋裡，還是笑笑地問，「你們認識？」

吳司年還是他那優雅矜貴的大教授模樣，「她是我學生。」

我還沒來得及回話，顧喬溪就猛得轉向我，「你不是商學院的嗎？」氣氛頓時變得很詭異。

吳司年用聽起來別有深意的語氣問我，「你是商學院的啊？」

我再次錯失先機，顧喬溪已經直接把話給接下，「對啊，林昀晞是國貿系的。」

「國貿？」也在政治系教書的駱皓插話。

「嗯，國際貿易系。」我望著駱皓，他迎著光站，正低著眼看我，嘴角勾著撲朔迷離的笑，帥得亂七八糟。

就在我還沉浸於跟帥哥對視時，吳司年一句陰陽怪氣的嘲諷直接打破我的粉紅色泡泡，「國際貿易聽起來挺國際化啊。」

我聽得一把火起。

我轉向吳司年，死盯著他一身貴得不像話的西裝，「教授專攻的國際政治聽起來也挺國際化。」

「確實。」吳司年微微一笑，看著他那塊能抵普通人好幾年收入的錶，「哦，要十二點了，你吃午飯了嗎？」

我靠，要十二點了，得走了，再慢點走，我喜歡吃的日式便當店就要排隊了啊！

再沒有猶豫的時間，我一把抓起顧喬溪的手，「快點，再晚就沒飯吃了。」

這次換成顧喬溪沒有反應的時間，她被我帶得也跟著跑了起來。

如果說顧喬溪對念書跟帥哥狂熱的話，那我就是對食物狂熱。

不管是生是死，只要日子還在過，飯就不能少。

「別跑。」清冷又貴氣的聲音。

是吳司年的聲音，特別惹人煩。

果然什麼溫良恭儉讓都是假的，討厭的人在什麼時空都一樣討厭。

我只好又轉過頭去，對著他說，「吳教授有沒有看到那邊草皮上立的告示牌？」

吳司年順著我指的方向看去，把告示牌上的標語讀出來，「請勿踐踏草皮。」

「對，上面寫的並不是請勿奔跑。」我說，話底的意思以吳司年的智商肯定能明白。

吳司年確實明白了，「我看得懂那上面寫什麼。」

我瞄了一眼那告示牌，笑了笑，「那告示牌是中英雙語的。」

吳司年大概是有點惱火了，他纖細卻濃烈的眉毛揚了起來，「我看得懂中文。我中文很好。」

我點點頭，故意得體大方地笑，「教授懂得真多。」

雖然吳司年表面上還是波瀾不驚，但我很肯定我已經惹火他了。

沒想到，這時候駱皓卻插話了。

他對著吳司年說，「你跟你學生感情很好？」

「啊？」我跟吳司年同時詫異，同時轉過頭去看駱皓。

「我跟你一起工作都幾年了，你跟我講的話都沒今天對她講的多。」駱皓有意無意地朝我特別笑了一下，「那肯定是感情很好的意思吧？」

我操，駱皓這人長相確實很好，但怎麼感覺腦子不太好？

吳司年轉過去看駱皓，我這才後知後覺地發現身形纖瘦的吳司年居然跟駱皓一般高，「我平時也挺常跟我家牆壁講話，你怎麼不說我跟牆壁交情很好？」

我可不想捲入這兩位教授的戰爭，一把拎起顧喬溪，「我們要去買便當，先走了。」

吳司年拎著他的車鑰匙，「需要我開車送你們嗎？」

「不用了，謝謝教授。」我想都沒想就拒絕了，並且趁吳司年還沒反應過來，一把拉著顧喬溪就跑。

我很確定像吳司年這種一輩子都一帆風順的人，肯定沒想過自己會被一個年輕女學生拒絕。

驚不驚喜、意不意外啊，吳教授！

然後我回過頭，看向仍然站在原地的吳司年。

吳司年正從公事包裡拿出一瓶麥香，我的老天，拿瓶麥香也太接地氣了吧，確定不拿個雪茄什麼的襯一下身分地位嗎？

但吳司年就這麼自顧自地開始喝起麥香，一點也沒發現我的目光。

陽光斜斜地鋪灑在他其實算得上英俊的五官，興許是太刺眼了，他舉起手稍加遮擋了一下，是一雙纖瘦卻骨節分明、非常適合彈鋼琴跟寫詩的手。

我看得愣了一下，也就是這一愣才讓吳司年發現我在看他。

就在我正覺得有些丟臉的時候，吳司年卻對著我笑了一下，一點也沒有因為我剛剛對他冷嘲熱諷而惱火的樣子。他甚至還跟我揮了揮手，說話的音量不響，但卻清楚地傳到了我耳中。

他說，「等等見。」

見什麼見？

我頭也不回地跟顧喬溪一起跑去買我的便當了。

也許這時候的吳司年還在我身後笑著，無論我再怎麼尖酸刻薄也不會生氣那般笑著。

吳司年確實不是個討喜的教授，但如果我的這輩子還能繼續，我都會因為這個瞬間而無法專心致志地討厭他。

日式便當店大排長龍。

天殺的，如果因為跟吳司年吵架而沒買到心愛的便當，我一定會當場暴走。

顧喬溪脾氣就好得多，她一臉悠哉地站在我旁邊滑IG，直到不斷滾動的頁面最終出現了一個彩色的勾勾，旁邊用黑色的字體寫著：沒有其他新動態。

大概是覺得無聊了，顧喬溪把手機塞進牛仔褲的後口袋，語氣裡帶點八卦的味道，「為什麼你跟吳教授會這麼熟啊？你不是商學院的嗎？」

我完全放錯重點，「我跟他看起來很熟嗎⁉」

「我看你們一來一往聊得很開心呀。」顧喬溪稍稍壓低了音量，營造一種神祕的氣氛，「聽學姊說，吳司年平常教課的時候超難搞的。」

我尖酸刻薄，「顯然他不教課的時候也很難搞。」

「我覺得吳教授對你挺縱容。」顧喬溪抬頭看著櫃檯上方的菜單，快輪到我們了。

「縱容？」我冷哼一聲，「吳司年不過就是念了個劍橋，有什麼了不起？」

「你怎麼知道吳教授是劍橋畢業的？」顧喬溪回過頭問，然後順便把兩個人的便當一起點了，我每次都吃一樣的。

「我上網查過。」我理所當然，顧喬溪卻一臉不可思議。

「你上網查過吳教授？」顧喬溪很震驚。

「哦對啊……，欸不是，我對吳教授沒有那個意思……，我本來不是要查他的。」

顧喬溪的眼睛瞬間亮了起來，「不然你本來要查誰？」

我嘆了口氣，「駱皓。」

「早說嘛。」顧喬溪拿出手機，熟練地點進一個網路相冊，裡面全部都是駱皓的照片。

駱皓講課、駱皓喝水、駱皓走路、駱皓看書、駱皓在會議廳裡發表研究。

「我把這網址發給你。」顧喬溪對我挑了挑眉，非常有義氣。

但這番盛情，我可真是消受不起。

我拎著兩人份便當，還得空出一隻手把顧喬溪這女人給拎走，「我很謝謝你，但駱皓的照片精選輯我就不用了。」

「啊？為什麼？」顧喬溪完全無法理解，「難道你想要吳教授的嗎？」

我用力拉了一下顧喬溪的袖子要她閉嘴。

很可惜，顧喬溪完全沒有接收到，她繼續問，「如果你真的想要吳教授的照片，我去群組問一下再發給你啊。」

行吧行吧，算了，毀滅吧。

我絕望地看著顧喬溪，「先別管照片了，你想不想看活的吳司年？」

顧喬溪還沒聽懂，「什麼？」

我指了指在便當店前排隊的一個男人，「他照片比較好看還是真人比較好看？」

那男人非常配合，特別選在我問完的那一秒鐘抬起頭，對著顧喬溪客氣地笑了一下。

顧喬溪像是看到太陽在她眼前爆炸。

因為那男人就是吳司年，帶心跳的那種。

顧喬溪非常尷尬地跟吳司年打了個招呼，「吳教授好。」

吳司年也很有禮貌，「同學好。」

然後他單刀直入，「我有點事情想找你旁邊那位同學談一下，可以嗎？」

顧喬溪愣都沒愣，直接就說好，「反正我等等有課，那我先走啦。」

ＷＴＦ？這哪門子朋友啊？

我一把抓住顧喬溪的手，在她耳邊低吼，「你就這樣把我留給一個來路不明的野男人嗎？」

顧喬溪還沒來得及回話，一張南澤大學的教師證就被橫在我眼前。

教師證後面是吳司年那張清貴的臉，「什麼來路不明？我是你教授。」

吳司年到底想表達什麼啊，我要瘋了，「呃……請多多指教？」

顧喬溪在旁邊沒忍住，直接笑了出來。

吳司年依然很冷靜地直視著我，「如果你需要的話，可以把我的履歷發給你。」

「謝謝，我不需要。」我在傻眼的時候，還不忘狠踹正幸災樂禍的顧喬溪一腳。

顧喬溪吃痛，離我遠了一點，還順手拿走我手上的兩個便當，很瀟灑地走了。

目送著她遠去的背影，我陷入了深沉的感慨。

交友不慎，害人一生。

「真慘啊。」吳司年精闢地下了註解。

我撇眼看他，「什麼意思？」

吳司年略顯同情地看著我，「你朋友把你的便當拿走了。」

我無情發言，「那她就不是我朋友。」

吳司年笑了笑，「反正我隊都排了，等一下順便也幫你買一份便當？」

吃吳司年買的飯，對我來說跟直接抓著一瓶硫酸往下灌沒有什麼區別。

我當下就拒絕了他的提議，「我去小七隨便買點東西就好了。」

吳司年笑了下，「你身上還有錢嗎？我剛剛看到你付了兩人份的錢。」

哦對，吳司年這一說我才想起來：我幫顧喬溪付錢，然後她直接拿走我的便當。

古有明訓：他人即地獄。

我打開錢包算了一下，裡面只有一張孤零零的百元紙鈔，寂寞又刺目，「沒事，我有錢。」

吳司年輕笑了一下，連猶豫都沒有，就直接伸出手，把我的錢包打飛。

我的理智線直接斷裂，「你有病啊⁉」

所有人都看向我跟吳司年，議論聲被壓得很低，卻匯聚成不可忽視的音量。

大家都在想我是不是瘋了才會當街跟教授吵架。

「不小心撞到你了，真的很抱歉。」吳司年彎身下去撿我的錢包。

然後，他看著我，當著我的面，把我只剩一百塊的寒酸錢包塞進他的Armani。

我頓時很無力，喊也不是、不喊也不是，反正就只剩一百塊，要殺要剮隨便吧。

但吳司年就是這麼一個隨時能給我驚喜的男人。

在沒收我的一百塊後，他又很理所當然地把他的皮夾抽出來遞給我，「剛剛把你的錢包弄掉了，現在還給你。」

我目瞪口呆，絕，真的是絕，這男人腦袋裡裝的是迪士尼煙火嗎？

「收著。」吳司年把他的皮夾塞進我手裡，繼續若無其事地排隊買一份一百塊的便當。

心理學研究指出，人在慌忙無措的狀態下，會毫不反抗地聽從指令。

現在我就是這種狀態。

我走到便利商店門口才敢打開吳司年的皮夾，映入眼簾的除了他的教師證外，就是一疊醒目的藍，目測至少有六張。

貧窮限制了我的想像，我不懂到底誰出門會帶六千，嚇得我趕緊抽兩千出來壓壓驚。

「買好午餐了嗎？」吳司年坐在便當店門外的長椅上，兩手空空。

「買好了。」我把鮮綠色的乖乖遞給吳司年，「這給你。」

吳司年愣了下後，旋即笑了起來，「你是想叫我乖點還怎樣？怎麼突然給我買這個？」

「單純只是因為花了你的錢。」我把他的錢包還給他。

「哦。」吳司年把錢包打開來，我的心直接就涼透。

我靠，該不會被他發現我偷拿了兩千吧？

吳司年才不是個這麼容易被我猜中的男人。

他打開他的皮夾，把裡面所有的現金跟信用卡都塞進我的錢包裡後，才把錢包還給我，「好好過生活吧，對自己大方點，錢花我的就是了。」

「啊？」這感覺無異於有人拿著一張五千萬的支票甩在我臉上，開心但又錯愕。

「畢竟難得活一回，你說是吧？」吳司年笑了笑，抱著那包鮮綠色的乖乖走了。

原來那種被一張支票甩臉上逼分手的情節是真的嗎？

第二章

吳司年視角

對於像我這種在大學裡教書的學院派，遇到問題的第一個反應永遠都是看論文。

所以我在Google Scholar上面搜尋了關於時空穿越的論文，挑了幾篇引用數最高的讀，通宵讀了一晚上，讀出了對工作場所的更多認識。

因為我在引用數最高的那篇論文上認出了熟悉的名字：李若水，後面的職稱是南澤大學物理系教授。

南澤大學全校上下沒有人知道李若水的研究室到底在哪裡，連南澤大學的網頁上都只寫著物理系館三樓。

但這倒也無所謂，我在南澤大學工作好幾年了，還沒聽說過誰想找李若水找不到。

就連平常都在社科院工作的我，也不怎麼費力地就見到了李若水。

現在，做著精緻美甲、燙染著酒紅色大波浪的李若水，從時尚雜誌裡抬頭看了我半秒鐘，給了我兩個字，「找我？」

「我有點事情找你談。」說完，順手帶上了門，我喜歡隱私。

但李若水瞬間就警惕起來，「我不喜歡你這款的，你知道吧？」

「我知道你不喜歡學院的人。」李若水恨死了學院派，她喜歡那種很狂野的路子。

「知道就好。」李若水抿著上了亮紅色唇膏的唇笑了起來，「你要喝茶嗎？」

李若水什麼時候變成了一個這麼客氣有禮的人了？

這世界把人全部輾平，塞進同一個模子的能力真是令我驚嘆，連李若水這種性格的人都能社會化。

「麻煩你了。」我也很客氣地說。

李若水手撐著下巴，給了我一個非常明豔的微笑，「茶水間在走廊走到底右轉。」

我深呼吸，忍住自己的脾氣。

如果學院要集資買凶殺她的話，我也會多少捐個幾萬塊聊表心意。

李若水見我安靜坐在那裡瞪著她，竟然還能笑得出來，「不喝茶啊？那你要看書嗎？」

「不用了，謝謝。」我冷聲說。

「確定不用嗎？」李若水仍是笑意嫣然，「那本書不是我寫的，很好看，只是名字比較長而已，叫什麼Fluid River之類的。」

「我不需要旅遊指南。」我還要繳房貸，沒時間搞這種風花雪月的休閒娛樂。

「那本書是心理學。」李若水不屑，但很快揚起戲謔的微笑，「主要在講人類的記憶能有多混亂、多不可靠。」

「我覺得你更不可靠。」我的語調還是很冷。

李若水聳聳肩，「覺得我不可靠，還來找我？」

我也沒選擇，「你是南澤裡最優秀的理論物理學家，我覺得這件事情只有你能解決。」

李若水來了興趣，「什麼事情？」我有點不太確定怎麼開口，但李若水本來就與正常人相差甚遠，直接攤牌應該也可行，「我穿越時空了。」

「哦？」李若水揚起她那修得很細的眉，笑得很輕蔑，「你最近壓力很大啊？」

怎麼每個人都問我一樣的問題，「還行。」

「真可惜。」

「可惜我瘋了還是沒瘋？」

「可惜你瘋了還沒有好醫生。」李若水對著桌上的化妝鏡整理自己的頭髮，「我已經把我認識最好的心理諮商師介紹給姜青了。」

「姜青？」我一愣，她這種冷靜理性到幾乎沒有情緒的人需要什麼諮商？

「對啊，姜青她朋友自殺死了，好像是因為家裡逼太緊。」李若水的語氣輕如鴻毛，像是一條人命比羽毛還薄，「話說姜青長得真漂亮啊，原來你們社科院也出美女嗎？」

「沒注意過。」我沒那個閒情逸致去關心我的學生長得漂不漂亮，而且我怕被告。

「真可惜，姜青是真的很漂亮啊。」

「姜青是劉叡的人，你別動。」我有義務提醒一下李若水，劉叡能這麼早就成為社科院的院長，靠的可不是脾氣好。

「我只是親近美女主義者，真動起什麼心思就不禮貌了。」

李若水的語氣很輕浮，我知道她沒把姜青放在眼裡，像她這種個性的人從來不把誰放在眼裡，永遠只想到自己。

學院裡的人都一樣，從來都只在乎自己。

李若水瞟了我一眼，語氣還是很無所謂，「你話變很少啊？這幾年過得不開心嗎？」

「我不是來找你談這個的。」我聳聳肩，繞開了這話題。

我太清楚李若水並不是真的想知道答案。

學院裡的關心都是出於禮節，而不是真的在乎。

「那你來找我談什麼？」李若水想了幾秒才想起來我幾秒前才說過的話，「時空穿越？」

然後她很冷靜地又接著問了一句，「你什麼時候穿越的？」

「林昀晞葬禮的隔天。」我如實回答，沒有發覺什麼不對勁。

「哦？你想讓她不要死是嗎？」李若水拿出一張已經滿布字跡的紙在上面塗塗畫畫。

我如果知道就不會坐在這裡浪費時間，「不知道，我再醒過來的時候就已經穿越了。」

李若水點點頭，一副若有所思的樣子，繼續在那張紙上面寫字。

我不敢打擾她，畢竟李若水雖然個性糟糕，但腦袋還是沒話說得好，沒準思考個幾秒能想出什麼天才的解決方案。

結果是我想多了。

李若水對著那張紙沉思了幾秒後，拿起手機撥了通電話，「中午我要吃排骨便當，星巴克斜對面那家你知道嗎？嗯，對，再幫我買一杯迷克夏的焙香大麥拿鐵。」

掛掉電話後，李若水才毫無歉意地說，「我忘記幫你叫便當了。」

「我知道。」我冷聲說。

「沒關係吧？」李若水還繼續問。

「我說有關係會改變什麼嗎？」

李若水笑了起來，「真務實，你對現實的適應力很高啊。」

「我知道你在諷刺我，不用包裝成讚美沒關係。」

李若水稍稍歛起了笑，「我沒有那個意思，不過你要那麼理解我也無所謂。」

我連回話都省了，我實在很懷疑學院裡有誰真的在乎別人的感受。

氣氛尷尬了幾秒鐘。

李若水給了我一句話，「我建議你接受穿越時空這個事實。」

然後她很快補上一句，「如果你真的沒瘋的話。」

我嚴肅申明，「我真的沒瘋。」

「天才時常跟瘋子只有一線之隔。」

「我不是瘋子也不是天才。」

「我覺得你挺聰明啊。」李若水笑了下，「而且在你願意的時候也可以當個好人。」

我冷笑一聲，「當個好人有什麼價值？」

李若水俏眼微勾，「你穿越時空不就是為了拯救世界嗎？」

「我可沒有那種宏大的理想。」

「哦？」李若水故意裝作愣了一下，「你以前不是這樣的人啊。」

是啊，以前，我是跟李若水一個大學畢業的，但那都多久以前了？

「過去都過去了。」我的指甲深深掐進手心裡，知道自己在說謊。

那些過去從來沒有真的過去，那些帶著傷的回憶就像平靜水面下纏膩得無法甩掉的水草，讓我無法乾乾淨淨地往前邁進，只能在原地慢慢溺斃。

「那恭喜你有一個修補過去的機會。」李若水的語氣介於鼓勵跟嘲諷之間。

「我對過去沒有興趣。」我態度冰冷。

「是嗎？」李若水挑起眉，挑戰我，「即使能夠讓林昀晞不要死，你也還是沒興趣嗎？」

我不講話了。

就算被要求一命抵一命，我說不定都會選擇讓林昀晞活。

「我看過很多穿越網文，算我今天大發慈悲，給你提點一下，也算積點陰德。」李若水擺出一個高僧普渡眾生的神聖表情。

「穿越網文是什麼？」這是什麼物理系的專有名詞嗎？

李若水根本沒理我，「總而言之，穿越的第一個要件就是要報仇、或是要彌補一個遺憾，你的情況應該是後者。」

我從大衣的內袋裡掏出手帳本跟鋼筆，把李若水的話給記下了。

李若水專注盯著她的電腦螢幕，繼續演講，「第二個要件就是前世記憶，這會是突破所有阻礙的關鍵。」

「請問我會遇到什麼阻礙？」我停筆發問。

「繼父、繼母、繼妹，或是前任情人甚至黑道叛軍都有可能，不一定，得看情況。」

這什麼不靠譜的東西，我忍不住打斷李若水，「你到底是從哪看來這些東西的？」

李若水落落大方地把她的電腦螢幕轉過來，只見螢幕上面擺滿文檔，標題都是些什麼《總裁夫人她又又又穿越了》、《我穿越到大明當女帝》、《穿越來的豪門庶女想躺平》之類亂七八糟的玩意兒。

看來李若水真是要我玩，還玩上癮了。

「李若水，你現在站起來。」我沉聲說。

「幹嘛？」李若水愣了一下，我臉上的表情一定很可怕。

「走廊走到底，不要右轉，是不是會看到一扇窗？」

「是會啊，怎樣？」

「麻煩你打開窗，直接跳下去。」

但李若水向來是很懂得激怒人的。

只見她巧笑嫣然，媚著聲線說了一句，「你是希望我跟林昀晞一樣嗎？」

這次我實在沒忍住，直接站起來，甩門走了。

直到走出物理系館，我才赫然想起一件事情：李若水怎麼會知道林昀晞是誰？

林昀晞跟李若水一文一理，兩個系館相差至少十公里，平常根本沒有交集的可能性。

她連知道林昀晞是誰都不應該，怎麼還能夠知道林昀晞是怎麼死的？

就算李若水真的能認得林昀晞好了，以我這個穿越時空的狀況來看，李若水根本就不應該這麼快接受林昀晞已經死亡，甚至連她的死亡方式都知道得這麼清楚，因為在這個時空裡林昀晞還好好活著才對。

細思極恐。

我回頭望了一眼物理系館三樓，想起來沒有人知道李若水的研究室確切到底在哪裡。

「你憑什麼吃掉我的便當！」乾淨的聲音、震怒的語氣，是很熟悉的身影。

我坐在長椅上，看著遠處的林昀晞正在電話中跟不知道誰對罵。

林昀晞的臉上完全沒有妝，連眉毛都沒有畫，沒有任何妝點的面容有點蒼白，還有些自然曬出來的淡淡雀斑，直挺的鼻骨上面架著一副圓框眼鏡。她穿著白色素T和已經有些舊了的牛仔褲，腳上的球鞋看起來飽經風霜。

她並沒有看到我，一屁股就坐到了我所在長椅的另一端。

我放眼望去，整個學院裡的人都在低頭滑手機或是用手機，他們都專注在那小小的機器上面，像是外接的科技心臟，所有的悲歡離合都流動於一方發亮的螢幕，現實社會於是變得比虛擬世界更加懸浮，跟當代人們的自身經驗更加割裂。

懸浮的流動性。

我在劍橋念博士班時，曾聽我那主修社會學的室友提起過這個概念，他那時候正在海洛因的加持下瘋狂寫論文，並且喝得非常醉，整個房間都瀰漫著他抽個不停的薄荷涼菸。

那個室友後來在學界混出了不小的名氣，但我始終提不起勁去搞清楚那個概念。

林昫晞繼續跟手機另一端的人爭吵著。

「你昨天拿了我的便當就跑！」

「我付了昨天的便當錢，結果我吃到了什麼？空氣！」

「我吃空氣還要付費！這跟電影情節有什麼區別？區別在我沒資格提名金馬獎嗎？」

我看了隔壁的林昫晞一眼，她還是沒發現我。

我也不著急，反正我今天沒有課要教。

之前就算沒有要教課，我也是待在研究室裡備課、做研究、或是處理五花八門的行政庶務，包含寫一堆莫名其妙但教育局就是要看到的教學報告。

其實我也不是很介意教育局有沒有看那些報告，因為我也不確定自己在寫什麼。洋洋灑灑、動輒幾千字的報告啊，結果到底傳達了什麼我也不知道，就跟我這幾年來的生活一樣，每天都忙到只能睡五個小時，但卻沒產出什麼能讓我驕傲得抬頭挺胸的成就。

如果向上奮進跟向下沉淪對我來說已經沒有太多區別，那還有什麼好努力的？

還有什麼好急的？

所以我不急，就這麼閒散地坐著、聽著林昀晞狠狠地罵，「結果你今天還拒絕買午餐給我！戰俘的待遇都比我還好，你知不知道在《海牙公約》裡面不給戰俘東西吃是犯法的！國際法都不允許你這麼幹啊！」

「是《日內瓦公約》。」我聽見自己說，聲音裡面有種被灰塵卡住的顆粒感，讓我對自己的聲音感到陌生。

林昀晞整個人轉向我，她的臉上沒有任何妝，只有濃烈到要爆炸的震驚跟尷尬。

我聳聳肩，沒有說話。

林昀晞掛斷了講到一半的電話，重新整理了下表情，努力擺出她最斯文最客氣的語調，「吳教授剛剛是在對我說話嗎？」

我沒回答她的問題，只是行雲流水地背出相關資料，「一八六四年八月二十二日，歐洲各國簽署通過了首部《日內瓦公約》。在一戰結束的隔年，也就是一九二九年，修訂了《日內瓦第二公約》，寫明了對於武裝部隊傷病者的保護。二戰結束後的一九四九才簽訂了你所說的那個保護戰俘的《日內瓦第三公約》。」

林昀晞沉默了大概整整有三十秒，才勉強擠出一句，「所以你想表達什麼？」

「我想表達你剛剛講錯了。你要說的應該是《日內瓦公約》而非《海牙公約》。」

「我又不是主修國際政治的。」

「但我是。」所以我才知道那些無趣又生硬的國際法知識，要流暢地背出那些年份可不容易。

「哦，真棒。」林昀晞站起身，把手機握在手裡。

我也站起身，低頭看著矮我二十公分的林昀晞，「等一下一起吃飯啊？」

這是我以前唸書時最煩的一句話，人終究會長成自己討厭的大人。

「啊？」林昀晞的表情凝結。

我比了比她手中的手機，「你不是說你朋友沒幫你買午餐嗎？」

她愣了愣，「那跟我們一起吃飯有什麼邏輯性上的關聯嗎？」

「沒有。」我笑了起來，好像已經想不起來我上次出於真心，而非出於禮節地笑是什麼時候了，「我只是出於人道主義。記得嗎？戰爭裡可以殺人，但不能不給飯，那是犯了國際法的，是嚴重刑事罪刑。」

林昀晞還愣著，「所以我現在是戰俘嗎？」

我回憶了一下《日內瓦第三公約》的細節，「應該不算，只有穿制服的才能算戰俘。」

「不過我還是會給你飯吃。」我很快補上了這一句。

林昀晞沒有要道謝的意思，而是問出了精準的問題，「你身上有錢嗎？」

我從大衣內袋裡掏出一張信用卡，在她眼前晃了晃。

林昀晞從口袋裡面拿出她自己的錢包，學著我的樣子將錢包在我面前晃了晃。

那錢包裡面所有的錢跟卡都是我昨天硬塞給她的。

我們兩個人都沒有說話，但想表達的意思不言而喻。

氣氛有點沉默。

林昀晞把她自己的學生證抽出來，然後把她沉甸甸的錢包塞進我手裡，「昨天把吳教授的錢包弄掉了不好意思，現在還給你。」

我沒有接，「掉了就掉了，反正掉在一個我覺得很剛好的地方。」

林昀晞看了我一眼，大概是沒想到會有人放著面前的錢不要還趕著往外送，「吳教授有什麼宗教信仰嗎？」

怎麼會突然問起這個，「沒有，怎麼了嗎？」

「有些宗教會要求信徒捐獻啊。」林昀晞聳聳肩，「想說吳教授可能相信這一套。」

「先不論信不信啊，但要捐獻也應該是捐給教主，怎麼會是捐給你？」

「捐給教主就是邪教不是宗教了吧？」

「我沒有研究過這個，但我可以去找幾篇論文來看一下。」

林昀晞很順地接了一句，「不然你平常研究什麼？」

沉默了半秒鐘，我還是誠心誠意地回答了，「國際政治。」

林昀晞點點頭，我看得出她完全找不到話講，但她在沉默半秒鐘後還是成功擠出了一句，「國際政治很好，很重要……呃……很棒。」

我這下是真的不知道該怎麼接話了。

我知道我不怎麼幽默風趣，也沒太多個人魅力。大部分跟我講話的人也都是有求於我，並且利用完就會直接走人。但我也必須誠實說，像林昀晞這麼敷衍人的敷衍方式我還是第一次見，也算是開了眼界。

「吳教授喜歡國際政治嗎？」林昀晞沒話找話聊，我在她臉上看見清晰的讀秒。

那是一種毫不掩飾的不耐煩，她在倒數還需要多久才能擺脫我。

那我就簡單講幾句，「不喜歡。」

林昀晞愣了一下，大概以為我會隨便講些場面話應付過去吧，「為什麼不喜歡？」

「準確點來說，是我從來沒喜歡過。」我聳聳肩，說話方式盡量簡單點，「我的博導教授覺得我天賦不夠，就跟我說如果我想畢業就別做理論。我想畢業，就做了國際政治，要算數學的那種。」

林昀晞點點頭，「所以你數學很好？」

「還好，但反正畢業了。」我輕描淡寫，沒說我那時候為了跑程式一天睡兩小時。

林昀晞點點頭，臉上又是清晰的讀秒，倒數三秒鐘，三、二……。

我沒有讓她數到一，「那你為什麼想做政治理論？」

「我那時候沒想太多，覺得好玩就做了。」林昀晞的語氣很理所當然。

但我卻下意識地覺得哪裡不對勁，到底是哪裡不對勁？

我沉默了幾秒，目光亂轉，看草看地看天空，最後看向了林昀晞手上的學生證，上面明明白白地寫著「國際貿易系」這幾個字。

林昀晞的視線在同一時間和我交疊在她手上的學生證。

沒有人講話，我跟她都在消化眼前那巨大生硬到難以下嚥的現實。

時間滴滴答答地流逝，地球緩緩地轉動，時空脫離了邏輯的掌控。

我和林昀晞同一時間抬起頭，看向對方。

她的眼裡有和我一模一樣的情緒。

以及，一模一樣的命運。

林昀晞視角

我凝望著吳司年，他的眼睛非常漂亮，是一整片不著邊際的墨黑。

比我的人生更不著邊際的那種，我都要瘋了。

這個世界千奇百怪、整個學院充滿神經病如顧喬溪，但我從來沒有一秒鐘預期我的人生會到如此波瀾壯闊的地步。

自殺是我自己的選擇，我沒有怨言。

重生雖然超出預期，但我勉強還能理解為上帝再給我一次機會而心存感激。

不過現在的狀況不論我用感性、理性、還是靈性都沒辦法理解。

重生就重生，為什麼還要附帶一個吳司年？

到底是我積德太薄、福報太淺、孟婆湯少喝一碗、還是哪天沒扶老太太過馬路，所以被懲罰連穿越時空都逃脫不了南澤大學的魔掌？

對不起，可以重整頁面、重新再來嗎？

吳司年大概也發現現在氣氛有多尷尬。

他艱難地開口，「你要再說一次你為什麼選政治哲學當主修嗎？」

「不要。」我當場拒絕，吳司年默默閉嘴。

我現在已經到了情緒崩潰的邊緣了。

就連我最絕望的時候，都沒體會過這般複雜的情緒。

震驚、慌張、尷尬、荒謬到無法置信、想努力改變現況，也想放棄抵抗。然後拿桶爆米花欣賞這世界被毀滅，這麼多情緒在同一時間塞進我的心臟，鼓脹到隨時要爆炸。

「我去買杯飲料。」我轉身走掉。

我不知道吳司年有沒有跟上來，還是他對我的忍耐限度也已經被逼到極限，所以他也放下他一貫的矜貴優雅轉身走掉，我不知道。

我也不在乎。

我把耳機從口袋裡拿出來，好在我不論處於哪個時空或是哪個人生階段，遇到困難的第一反應都是逃避，而戴耳機就是我逃避世界最好的方式。

如果要在忘記帶耳機跟行星撞地球之間選一個，我一定會毫不猶豫地選擇後者。

左彎三次、右轉七次、然後在看到一家賣雞肉飯的路邊攤時再一個拐彎，進入一條不符合現行建築法規的窄巷，走到底就會看到高掛著鮮黃色招牌的五十嵐。

對，沒錯，這條比尋找傳家寶還複雜的路徑並不是通往什麼世外桃源或文青小店，而是會抵達一家沒有任何特別之處，且隨處可見的連鎖手搖飲料店。

我喜歡這條路純粹因為很偏僻，完全不會碰見任何熟人。沒有任何除了我以外的活體人類，願意在十三分鐘的路程內拐上十一次彎，去買一杯平平無奇的手搖飲。

「一杯八冰綠，微糖去冰。」我連耳機都沒拿下來，就直接遞出一張百鈔。

店員面無表情地收錢、找錢。

這家店永遠冷清得像是要倒閉，我從來沒看過除了我跟那店員以外的任何生物出現在這裡，連一隻麻雀或是流浪狗都沒有，像是有一張結界籠罩在這家店的上方，隔絕了所有其他生命體。

我靠在櫃檯上，耳機裡放著逃跑計劃的經典作品〈哪裡是你的擁抱〉，在最開始時的一分鐘多都是沒有人聲的，但編曲卻奏出了一種遼闊廣袤的空間感，聽的時候就感覺被湛藍的海浪溫柔地包裹住一樣，溫暖而清澈得像夏夜的星光。

這首歌比一般的歌曲還要再長一些，在四分半鐘多一點的時候，有一段很乾淨的間奏，通常那間奏下來的時候，我就可以拿到我的飲料了。

某種程度上來說，逃跑計劃的這首歌對我來說跟計時器沒什麼區別。

但今天有點反常，店員把飲料遞給我的時候好像說了句話，通常這時候他都不說話。

我把耳機拿下來，正好聽見店員說，「先生，你要點什麼？」

先生？哪來的先生？這裡不是只有我跟店員兩個人嗎？

我回過頭，看見手插在口袋裡的吳司年。

他上挑著漂亮的桃花眼，似笑非笑地看著我，「怎麼了嗎？」

「你為什麼在這裡？」我在這裡連人都沒見過，怎麼會突然冒出一個吳司年？

吳司年聳聳肩，答得很理所當然，「我跟著你來的啊。」

我傻眼，失禮的話脫口而出，「你是變態嗎？」

吳司年還是一貫的優雅，「不是。」

然後他轉頭對著店員禮貌地笑了笑，「麻煩給我一杯跟這小姐一樣的。」

店員面無表情地收錢、找錢。

我站在旁邊冷眼旁觀，最大的感想就是吳司年肯定哪裡有毛病。

而我這個清新脫俗好不做作的女大學生，到底是造了什麼孽才跟這種人一起穿越時空？

吳司年怡然自得地斜倚在櫃檯，他Armani的西裝外套在陽光下發出資本主義的聖光，閃得我眼睛刺痛，激勵我在拿到飲料後就迅速閃人。

跟這個男人，我是一刻都過不下去了。

昂貴的皮鞋在每年都重鋪、但從來沒鋪好過的柏油路上敲出清晰的聲響。

我沒有回頭，因為我知道那一定是吳司年。

「你趕時間嗎？」吳司年的聲音強勢地竄進我的耳朵，吵死了。

我回過頭看向他，但沒有把耳機拿下來，「確實挺趕。」

「趕什麼？」吳司年試圖將吸管戳進塑膠封膜，啊，失敗。這個失格的臺灣人，他真的有臺灣護照嗎？

吳司年進行了第二次嘗試，還是失敗。

我的天，他在臺灣的時間都是在真空泡泡裡面度過的嗎？怎麼會一點基本生活技能都沒有啊？果然教授都是活在象牙塔裡的無情論文產生器，跟ChatGPT沒有區別。

在吳司年要進行第三次嘗試時，我阻止了他，我血液裡流淌的手搖飲料不允許他繼續褻瀆臺灣文化如此崇高的部分。

「你這樣沒用的。」我指著塑膠吸管末端的凹折處對吳司年解釋，「如果這邊已經爛掉就沒辦法用了。」

吳司年一臉茫然。

我把耳機重新戴上，決定讓吳司年自生自滅，他已經是個成熟的大人了，該學會自己堅強。

吳司年走在我旁邊，他纖長得適合彈琴寫詩的手指正在用力摳著飲料杯上的塑膠封膜，他這個學院出身的菁英知識分子，竟然暴力地把整個塑膠封膜撕了下來，果然在學院裡蹲十年，就可以累積足夠的怒氣和恨意，毀天滅地。

幾滴碧綠色的茶湯從哪天可能會把海龜噎死的塑膠杯中濺出，沾在了吳司年名貴的西裝外套，他掏出似乎用熨斗燙過的格紋手帕，輕輕把沾到的茶水給擦掉，我彷彿看到十八世紀黃金年代的豪門貴族降落人間，嘆為觀止啊。

「有沾到你身上嗎？」吳司年一手拿著不到五十塊的五十嵐，另一手拿著看起來要價五千塊起跳的昂貴手帕，手帕的邊角上用燙金的字體寫著Burberry。

我看了我白T上的綠色斑點一眼，「沒有，謝謝。」

拜託，那條手帕比我全身上下的所有東西加起來還貴啊。

吳司年非常困惑於我的口是心非，「你很趕時間嗎？」

「我等一下有課。」我隨口亂編，不過我大一唸商學院的時候課非常滿，幾乎每天都是早八到晚六。

「商學院的課嗎？」吳司年這句話問得就真是別有深意了，尤其是在他知道我已經發現他跟我一起穿越時空的時候。

「嗯，我現在在商學院念大一。」四平八穩地回答。

吳司年啜飲著他手上的飲料，跟我一起走回南澤大學，「那你當初怎麼會想轉到政治系？」

哇，這男人是不是平常泡麵都泡不開，這哪壺不開提哪壺的技巧可真是爐火純青啊。這麼快就忘記了他把我從班上叫起來當眾羞辱的那三分鐘是不是？是真忘記了，還是害怕想起來啊？

我今天肯定要讓吳司年害怕地想起來，「轉系到政治系的理由不是教授您告訴我的嗎？」

吳司年停下了喝到一半的綠茶，「什麼意思？」

我笑得比豪門千金還淑女，「我轉去政治系第一天就是上教授您的課，您在課堂上不是告訴我說唸商學院沒什麼前途、現在的經濟體系就算不沒落，我們這種年輕人進去，也只剩下賣肝、賣命、賣掉自己的人生和靈魂的份，做了跟死了一樣，還是趁早轉系比較好。之前唸商學院的那一年就當誤入歧途，成本都沉沒了就別太在意。」

吳司年目瞪口呆，「你的口才跟記憶力都很驚人，都幾年前的事情了，你還可以記得這麼清楚，真不愧是考進南澤大學的資優生。」

「在一個劍橋畢業的博士生面前談學歷是不是有點不太妥當？」

「有什麼不妥當的？」吳司年繼續喝著他的茶，順水推舟地換了個話題，「這茶滿好喝的，你很常買嗎？」

「滿常的，教授不喝手搖飲嗎？」慘了，我也被他帶偏了。

吳司年大義凜然，「我都喝麥香。」

這槽點多到我都有選擇障礙了啊。

吳司年把手上的綠茶喝完，然後以一個漂亮的拋物線丟進幾步開外的垃圾桶，很流暢，但跟他身上的筆挺西裝真的很不搭，當然跟他摯愛的麥香就更不搭了。

不過偉大的吳司年大教授覺得這一切都不是重點，他整整衣領、調調表情，薄唇輕啟，「對了，你剛剛說的那件事情，我想了一下。」

「那你要再想一下嗎？」我繼續喝著我的綠茶，這麼好的東西不能太快喝完，不然生活多沒希望。

吳司年很困惑，「我已經想好了，為什麼還要再想一下？」

「你想好了什麼？」有話就不能快點說嗎？還鋪墊什麼？現在連演電影寫小說都不流行鋪墊，就講一個直接到位的爽感了好嗎！

「想好了你剛剛說的那件事情。」吳司年手插口袋，閒散的聲音在我頭頂上片片飄落，我估計這男人至少得有個一百八，比他的情商翻五倍還多。

「那你現在要說一說嗎？」還是你乾脆做個解謎遊戲算了？我等你好好把話說完的時間拿去玩兩次密室逃脫都不嫌少啊。

「嗯？」吳司年側過臉看我，「我不知道你想知道，原來你想知道嗎？」

我確實沒有很想知道，但直接這麼說出來未免也太不禮貌，「教授如果想說的話可以說。」

吳司年點點頭，沉吟了幾秒鐘，還是說了，「在那堂課上，我的用詞確實比較激烈一點，但我不是有意的，你可以理解嗎？」

不可以，「大概可以。」

吳司年看了我一眼，他知道我在敷衍他，但他沒有選擇胡扯，而是擺出一副認真的表情，繼續說下去，「我那時候剛回臺灣教書沒多久，中文還沒有好到使用夠精準的詞，所以才講了一些比較偏離也比較激烈的話，算是沒準備好吧，那時候我太年輕了。」

「太年輕是什麼意思？」我越聽越覺得荒謬，不過就是幾年前的事情，為什麼可以被吳司年說得像上世紀一樣，這人是被基因改造失敗，所以對時間的反應和衰老速度跟正常人不一樣是嗎？

「是指心態上，我那時候心態還很年輕。」吳司年精準地回擊了我的疑惑，不知道是不是因為他現在中文很好的關係。

「因為你才剛回臺灣教書沒多久？」

「對，我那時候還對教書這件事情比較有熱忱，所以才會對你說那樣的話。」

那你還是不要有熱忱比較好啊，吳司年大教授。本本分分的教書、兢兢業業的當個低調打混的上班族就好，熱忱什麼的就留在迪士尼樂園跟八〇年代的電視劇吧。

「從商學院轉到政治系應該需要很大的勇氣吧？我以為我那樣說，會讓你覺得好過一點。」吳司年清貴的側顏被他的語調渲染出一層帶點哲學感的淡淡憂鬱，「我想讓你覺得你的決定是對的。」

我也不知道吳司年是讀了多少亂七八糟的書，才能有這般感傷中帶著點點星光的表情，再給他幾顆柔光鏡頭跟幾盞燈，就可以去演青春疼痛文學了。

他那樣子跟偶像劇男主角有什麼區別？除了……呃……他拿到了博士學位以外。

「結果我這麼做沒讓你好過一點嗎？」吳司年問，他抬手整理了下頭髮，銀製的袖口在陽光反射下幾乎能直接灼傷我的眼睛。

如果要我誠實回答吳司年的問題，那就是當然沒有。

就算我讀盡所有書、用盡所有邏輯，都推演不出為什麼他覺得把我當眾點起來羞辱我三分鐘，會讓我感覺比較好。

但我不用看太多心理學研究也知道，這種一路順風順水的男人，擁有鍍金履歷的同時也擁有脆弱的男性自尊，絕對承受不起過於誠實的答案，「教授的好意我心領了。」

吳司年看了我一眼，在那墨黑的眼裡我根本看不清他的情緒，但真的進到我耳膜裡的語氣倒是很淡，「你這話說得很客氣啊。」

這個時候說謝謝好像有點奇怪，但不說謝謝更奇怪，我掙扎了幾秒，悄無聲息地加快了腳步，然後指著前面的紅磚建築，給自己找解釋，「學校到了，我要去上課了。」

「慢走。」吳司年的語氣客氣而疏離，像五星級飯店的服務人員，彬彬有禮但全然不帶任何私人情緒。

既然吳司年都用這種冷冰冰的態度送客了，那我也就戴上耳機，假裝我跟他就只是兩個剛好走在同一條路上的陌生人。

說實話，我對於吳司年現在這種禮貌到有些疏離的態度並不意外，他一直以來都是這樣的人，沒什麼特色，也沒什麼存在感。

他沒有駱皓的俊俏耀眼、沒有劉叡的沉穩儒雅、也沒有江河那股撲面而來的青澀書生氣息，連還在唸博士班當助教的姜青，都因為獨特的清冷幹練感在學院裡面獨樹一幟。

但吳司年什麼都沒有，論優雅他比不過劉叡那種千錘百鍊的精準、論清貴他比不上姜青那像被高山雪水鍛造出來的淡漠、就連拿過的學位他都沒有江河多。劍橋的博士學位跟永遠筆挺的西裝在外人眼中堪稱完美，但在南澤大學裡面只能算剛好達標。

更何況吳司年拒絕談論任何私人話題，他教書這幾年，沒有人知道他住哪裡、看什麼書、有沒有結婚。他上課就是講理論、講案例、講研究方法，我對《海牙公約》的了解都比對吳司年這個人本身來要來得多，因為他花了一整堂課講《海牙公約》，而非介紹他自己。

他拒絕介紹他自己，連自己的名字都不介紹的那種拒絕，他就是走進教室上課，然後一到下課時間就走人，我好像也沒怎麼看過他跟其他老師講話。

吳司年就像學院裡久聚不散的幽靈，每個人都知道他在那裡，但都看不見他，就只是逕直走過他身邊，各做各的事情，成為沒有交集的兩條平行線。

然後我回過頭，看見吳司年不緊不慢地走在我身後，那是一種類似跟蹤的速度。

我是認真很害怕，害怕到身體停下來，但意識像打了禁藥般飛速運轉。腦中閃過一萬篇關於女性獨自走在路上，然後被後面跟上來的男性侵犯或殺害、或兩者兼具的社會新聞，我不是在說吳司年就是預備罪犯，但每個人都有可能是加害者是吧？不然哪來那麼多女生在外面走一走就蓋上白布的新聞？

吳司年在離我一步之遙的距離停了下來，開口，「怎麼了？」

「你跟著我幹嘛？」我的聲音很乾澀，可能是混合了太多恐懼，雖然不是特別理性的那種恐懼，但我實在覺得會譏笑這種恐懼的人，都應該強制連續體驗這種恐懼十小時。

還好吳司年沒有任何嘲諷的表情，他只是很平靜地開口，「我沒有跟著你，只是你在南澤念書、我在南澤教書，我們都往同一個方向走，也是很合理的事情吧？」

嗯，真有道理，「那你先走？」

吳司年困惑了，「你不是趕時間嗎？」

現在不趕了不行嗎？「我現在不趕了。」

吳司年更困惑，「你不是有課要上嗎？」

這麼說對也不對，因為「我的課表上有一堂課，跟我真的要去上哪一堂課之間是有差距的。」

說完之後我才發現，跟一個在我念書的學校裡面教書，並且真的教過我的老師說這樣的話，實在是很詭異，詭異到原本的對話如果還不糟糕，那現在也難以理解了。

結果吳司年只是笑了笑，說了句，「我以前念大學的時候也不上課。」

「是哦？」好喔，我覺得像吳司年這種唸到劍橋還拿了博士的高材生，對於不上課的定義肯定跟我不一樣，而且這干我什麼事？

吳司年笑了起來，「嗯，是。」

好好好、是是是，吳司年都不用教書或是做點有生產力的事嗎？

他今天整天就是跟我聊天、走路去買飲料、走回學校、然後繼續跟我聊天。好像完全沒別的事情一樣，我可以心血來潮就不去上課，但作為一個大學教授，吳司年是可以興致一起就不去教課的嗎？

南澤大學可是間國立大學啊，這麼浪費人民的納稅錢，吳司年良心都不會痛嗎？晚上睡覺的時候都不會一想到自己的罪惡就睡不著嗎？

顯然不會，因為吳司年現在還穿著他拿國家薪水買來的優雅西裝站在這，準備繼續跟我聊天，拜託不要跟我聊天好嗎！

我怒喝好幾口綠茶以逃避我要跟吳司年掏心掏肺的任何可能性，比起跟吳司年深度交流，我寧可去講床邊故事給佛地魔聽。

然後，我手上的茶就被我喝完了，一點不剩。

真是謝囉，命運。

「要再買杯什麼給你嗎？」吳司年很有禮貌地問了這一句話。

我看著手中的空杯子，「不用謝謝，我還有茶。」

吳司年又笑了起來，他沒有反駁我的話，只是說，「你在這裡等我一下。」

然後他就這麼轉身朝著學校的方向走了，背影非常瀟灑，但我非常無語。

無語到我也決定走人，等什麼等？吳司年這種人不過就是說點客氣的場面話。

我把手上的空杯子丟進旁邊的垃圾桶，打定了主意沒有要去上課。

在商學院時我的課表總是很滿，但出席率也總是很低。我不會算會計，也不太在乎怎麼達到最高的商業利益，在我無法繼承公司或能做出任何高階決定的前提下，我看不出鑽研好幾年國際貿易，然後進職場領著微薄薪水聽命行事有什麼意義，更看不出反覆坐在課堂裡、反覆計算我根本算不出來的題目，能對人生有任何正面助益。

所以我對於翹課這件事情一點罪惡感也沒有，還相當熟練。

我戴上耳機，手機上正播放著新褲子樂團的《沒有理想的人不傷心》，非常應景。

天邊開始顯露出一片陰沉之色，碩大的雲朵沉積在這城市的頭頂，我的耳機裡塞著「你等在理想的廢墟上，已沒人覺得你狂野」這種調子的歌詞，往學校的反方向走。

在這將下未下的雨裡，我並不知道在街道的對面，吳司年拿著他特地買來給我的麥香綠茶，他沒有趕上來，只是非常安靜地看著我走。

我自始至終沒有回過頭。

第三章

吳司年視角

我一直都不知道我到底是哪裡惹到林昀晞。

我的個性不特別溫柔體貼我知道，純論外表上的吸引力，我肯定被駱皓狠甩十萬八千里，因為各種我目前還無法參透的因素，我也沒有劉叡那種會讓無知小羔羊不自覺就想掏心掏肺的穩重感。

但我不覺得自己是個會被討厭的人，而且還是讓林昀晞直接轉身就走的那種劇烈厭惡，我有糟糕到讓跟我相處的人一刻都不想多待嗎？

我手上買給林昀晞的麥香綠茶落下冰冷的水滴，頭上的天空是鬱悶的鴿灰色，是個典型的下雨場景。

我沒有傘，去這他媽的爛世界。

基於對於Armani西裝的強烈保護主義，我打開手機叫了輛Uber回南澤大學。

雖然路途短，但我毫不猶豫地點選了最貴的車型，所以迅速叫到了車，資本主義的好處就是有錢時一切都會很順暢，壞處就是順暢的前提是有錢。

Uber的司機大部分沒什麼跟乘客聊天的偏好，我這次遇到的這個也是，一到社科院大樓就叫我下車，他還趕著去接下一單，這種臨時下雨的爛天氣最適合計程車司機。

但從下車地點走到社科院門口的這段短短路程，還是讓我的西裝沾上了水，我討厭這個世界上所有沒出現在天氣預報裡的降雨。

不過這股厭惡很快就被李若水的出現給沖散了。

我完全無法理解李若水一個搞物理的出現在社科院大樓幹什麼，但我還是很有教養地問，「李教授找人嗎？」

李若水揚起明媚得讓我背脊發涼的微笑，「我找你啊。」

「找我幹什麼？喝茶啊？」我指了指對面的星巴克，「那裡有，你可以叫助理去買。」

「助理已經買好了。」李若水從她那大大印著CELINE的帆布包裡面拿出星巴克的水壺，不管是CELINE還是星巴克的商標都印得非常大，大到我不想看到也不行。

「我以為你會去茶水間泡杯茶自己喝。」我冷冷諷刺。

李若水輕蔑一笑，不屑地揮揮手，指尖的美甲上印著香奈兒的經典標誌，「我才不做那種事。」

「喔，很好。」我懶得跟她多說，直接推開社科院的大門，然後看著大門甩在李若水妝容完美的臉前面，我知道李若水一定以為我會幫她紳士地扶著門。

Sorry, not today.

李若水自己推開門，跟著我一起進了社科院大樓。

我把手上的麥香綠茶往後朝著李若水的方向丟，「給你。」

李若水眼明手快地接住，「給我幹嘛？」

「請你滾。」我頭也不回。

李若水當然沒有走。

她在我身後悠悠開口，「沒有好運會永遠站在你身邊。」

我繼續往前走，沒理她。反正我人生中擁有過的好運極其稀少，少到我覺得就算再少一點我也不會發現。

在我按下電梯後，李若水走到我旁邊，跟我一起等電梯。

我們都看著銀色的電梯門，沒有說話。

電梯上的數字緩緩下降，從七樓到五樓再到三樓，最後停下來。

門打開了，走出來的是駱皓跟姜青，我不知道他們兩個人竟然會有交集。

駱皓還是一貫的痞氣，玩世不恭地笑著和我們打招呼，而姜青則是站在駱皓身後沉默地發訊息，我知道那些都是發給劉叡的。

姜青將手機放進她的皮革包，姿態客氣而疏離，「不好意思，我還有點事情要處理，需要先走，各位教授慢聊。」

說完，她就轉身走了，駱皓趕緊跟上去幫她撐傘，全然沒了平常那光芒萬丈也習慣張揚的模樣，讓我有些驚訝。

不過那也與我無關，而且姜青向來很有本事，她一個年輕女孩子就能抵得上整個學院裡的雄性生物，讓我很懷疑那些在學院裡晃來晃去的ｙ染色體有什麼用。

「如果你那時候追上去，事情是不是就不一樣了？」李若水的聲音罕見地冷冽，但她這話並不是看著我講的，話語裡的受詞並不明確，可能中文不太好。

「你是在跟我說話嗎？」我問李若水。

李若水翻了個白眼，「不然這裡還有別人嗎？」

確實沒有，「你跟我說這話是什麼意思？」

李若水很輕蔑，「字面上的意思，你聽不懂中文嗎？」

「我中文很好。」大學聯考的國文成績也很高。

李若水瞟了我一眼，用施捨笨蛋的語氣解釋跟我聽，「如果林昀晞走的時候你有追上去，事情是不是就不一樣了？」

很好，這次受詞明確了，那能不能把時間地點也一併講清楚，「你是指哪一次？」

「這一次，跟這次之前的每一次。」李若水鄙視地看著我，「你默默看著林昀晞走，是不是還覺得自己好紳士？」

千萬個問題同時在我腦袋裡掙扎。

為什麼李若水會知道今天林昀晞轉身就走，而我在背後目送這件事？

還有，為什麼李若水的語氣像是指涉著除了今天以外的其他事情？

她為什麼好像什麼都知道一樣？

這些問題連同我之前的疑問一併在我腦海裡炸開。

李若水沒理我，自顧自地往下說，「時空穿越是一個恩賜，如果你不好好追上去，什麼都不會改變。」

「我需要改變什麼？」我本能性地問了這問題。

李若水輕笑一聲，「難道你不想要林昀晞活下去嗎？」

我一愣，這是什麼意思？

「不改變過去，未來也不會改變。」李若水滿不在乎，「那林昀晞就還是會死。」

「那我有辦法改變過去嗎？」我抓住了最關鍵的問題。

「都過去了還怎麼改變？」李若水用哄小孩的甜美音調諷刺著，但她話鋒一轉，語氣又冷冽了起來，「但如果那個過去還沒過去，就有機會。」

「過去已過，而未來還未來，只有『現在』可以被掌握。」李若水輕輕勾起嘴角，「但當『現在』被改變，未來當然也就不一樣了。」

我並沒有被李若水那如繞口令一般的話給繞暈，「那過去怎麼辦？」

「如果有未來可以期待，為什麼還需要一直回頭看？」

真該死的有道理，所以李若水到底想說什麼？

「對了，問你一件事情。」李若水俏眼一勾，瞇著眼睛笑了笑，「你覺得改變別人的命運道德嗎？」

我又不是做政治哲學的，「不道德吧？我是自由主義的。」

「哦。」李若水點點頭，又拋出一個問題，「如果那個別人是你在這個世界上最在乎的人呢？改變世界上最在乎的人的命運，道德嗎？」

「還是不道德吧？」說過了，我是相信個體選擇的。

「那如果一個人去阻止他在世界上最在乎的人去死呢？」李若水反常地繼續追問。艱難的問題，「應該不能算不道德吧？每個人都有選擇的權利，可以選擇去死，也可以選擇阻止別人去死。」

李若水笑了一下，「那你好好把握吧，這世界上能讓人不算不道德的機會不多了。」說完，她就轉身走出了社科院大樓，逕直走進了雨裡。

沒有撐傘，身上也沒有沾染任何一點水。

李若水真的只是如我所見這般，一個年少得志的驕縱物理教授而已嗎？

「吳教授站在這裡幹嘛？」帶著笑意的聲音、俊朗的面容，是駱皓。

「駱教授不是有事出去了嗎？」我現在沒有跟人聊天的心情。

「被姜青趕回來啦。」駱皓聳聳肩，透明色的水滴從他剪裁精湛的西裝上滾落在地。

我點點頭，因為還是想不到該說什麼，只好再點點頭，我覺得現在安慰駱皓實在太奇怪，這男人在愛情裡所向披靡，就算被雨水打溼了一身，還是能夠把滿世界的繁華顯在他俊俏飛揚的臉上。

駱皓見我沒說話，也沒再搭話，低下頭安靜整理著自己木頭長柄的黑傘。

我很少看到駱皓不說話的樣子，有一種非常突兀的寧靜感，在很多意義上來說，我都很難想像駱皓獨身一人沉默的伏在書桌前看書、寫字、做研究的畫面，偏偏他的學術成就並不比學院裡的任何人差。

駱皓是做政治哲學的。

駱皓把傘工整的收拾好，準備要按電梯上樓的時候，我叫住了他，「駱教授，我可以問你一個問題嗎？」

駱皓好像很訝異我會主動找他說話，因此非常謹慎，「是一個很複雜的問題嗎？」

「是一個道德問題。」這樣算複雜的問題嗎？

駱皓拿出了學者的嚴謹，「我不確定我能不能夠立刻回答你，但你還是可以問。」

那我就問了，「如果一個人去阻止他在世界上最在乎的人去死，違反了他最在乎的人的個人意願，這樣算道德嗎？」

「吳教授的這個問題，我應該放在學理上理解，還是放在現實生活中的情境理解？」

「現實生活中。」我又不是做理論的，而且學理這種東西，我看得還不夠多嗎？

「如果是這樣的話，」駱皓笑了起來，「我在這世界上最在乎的人都要死了，還管道德不道德？」

真有道理，但完全沒有回答到我的問題，「這是你的回答嗎？」

駱皓仍然笑著，回答的語氣卻很肯定，「這就是我的回答。」

「政治哲學這個領域裡面有很多不同主義，每個主義底下又有很多不同理論，即使理論跟理論之間只有細微的差異，反應的也是截然不同的價值觀。」即使說的事情挺學術，駱皓還是能講出一種玩世不恭的氣息，「處理這些邏輯跟價值觀是我的工作，但不是我人生的全部。」

「如果這些價值觀跟邏輯推演到現實生活中，只會讓我錯過我在世界上最在乎的人，那這麼做還有什麼意義？」駱皓繼續說，他其實有一雙分不清是澄澈或混濁的眼睛，「社會科學產生意義的方法是論述，但現實生活中產生意義的方式是人與人之間的連結，也就是我跟我在世界上所在乎的人們之間的關係，那是凌駕在道德跟邏輯之上的選擇。」

「我這麼說，吳教授可以明白嗎？」駱皓最後以這句話結尾，語氣輕鬆得像在討論哪家酒吧比較時髦。

不可以。

「我現在剛好在看一本書，可以借給吳教授。」駱皓從他的大衣內袋裡掏出文藝春秋的文庫本遞給我，「吳教授看得懂日文嗎？」

「看得懂，你看不懂嗎？」我接過，發現是日本作家吉田修一的《惡人》，我不知道他是不是想諷刺些什麼。

「這本書是我的。」駱皓指著他借給我的書，上面有好幾頁都用便利貼貼了起來。

我隨手翻開貼了便利貼的某一頁，上面有段對白被螢光筆畫了起來：「現在這個社會上，連珍惜的對象都沒有的人太多了。沒有珍惜對象的人，自以為什麼都辦得到。因為沒有可以失去的事物，自以為這樣就變強了。既沒有可以失去的事物，也沒有想要的事物。」

等到我讀完那段對白抬起頭時，發現駱皓笑笑地看著我，「這樣你明白了嗎？」

不明白。

駱皓岔開了話題，「對了，姜青要我問你，下禮拜那場由你擔任主講人的研討會，要怎麼寫講者介紹？」

我將書闔上，還給駱皓，「介紹誰？」

「你。」駱皓將書放回大衣內袋裡，我不知道他為什麼要隨身攜帶這樣一本書。更讓我無法理解的是駱皓的問題，「講者介紹這種東西不是把我的學歷寫上去就好了嗎？」

「吳教授不打算寫點別的嗎？」

「我沒有別的可以寫。」

駱皓換了個問法，「吳教授會怎麼形容自己？」

「一個從劍橋畢業、在南澤教書的男性。」清楚明瞭。

駱皓點點頭，隱晦地問了句，「不提一下吳教授在大學時的故事嗎？」

「不用了謝謝。」我的語氣冰冷鋒利。

「可以問為什麼嗎？」駱皓小心翼翼地問。

不可以你個白癡，「我大學時搞了很多社會運動，但我現在已經配不上那幾個字了。」

「哪幾個字？」駱皓竟然還追問下去了，混帳東西。

「社會運動。」我的語氣更加冰冷更加鋒利，「我現在就只是個普通人，這樣你明白嗎？」

「所以講者介紹……」駱皓的話還沒說完就被我打斷了。

「就寫我從劍橋畢業、現在在南澤教書，主攻國際關係。」

「這聽起來很空洞。」

「那你就把『我是個空洞的人』這點也寫進去。」我沒有給駱皓回應的機會，轉身就走出了社科院大樓。

雨仍然幽幽下著，滴滴答答的聲音，現在、未來跟過去。

我過去不是這樣的人啊。

我大學也是在南澤大學唸的，十八歲出頭的血氣方剛在我身上體現的淋漓盡致。

大學某次，我跟學生會的朋友去吃熱炒，裡面有好幾個都是當年跟我一起搞社運好幾年的好朋友，穿得都滿破爛的、鬍子也沒刮，只有當時在學生會當主席的劉叡穿得很斯文，一看就是好學校出來的，雖然其實我們大家都念同一個學校。

當時大家酒都喝多了，跟旁邊一桌混混吵了起來，吵什麼也不記得，大概是些雞毛蒜皮的小事，但酒精實在很能催化暴力。

一個混混拿起餐刀往我臉上丟，我頭一偏，餐刀從我耳際擦過去，留下一道細細的血痕，另外一個混混見沒丟中，拿起玻璃杯就又往我臉上砸，其他人也準備動手，我二話不說就衝上去打架。

那是我最後一次對人性這坨稀爛東西抱有信任。

在刀光血影中，我的餘光看到那些曾經跟我一起喊過「政府不公、革命不滅」、「國代不倒、國家不好」的社運夥伴，在混混動手的那瞬間全部逃跑，全然不管被六個混混圍毆的我。

被朋友拋棄很絕望，但能夠狠狠壓過絕望的是：恐懼。

即將要被人活活打死的恐懼，那種恐懼深入骨髓，在一秒鐘內讓我脫胎換骨。

在朋友全數逃跑、被六個混混圍毆的那一秒鐘，我澈底和過去的自己告別。

過去的自己意氣用事、年少輕狂、太容易憤怒也太容易相信，而在那個最靠近死亡的夜晚，我發誓：如果僥倖活了下去，那我就再也不要相信任何人。

那時候血濺到我的眼睛裡，我在趨近於零的能見度裡，把餐刀捅進某個小混混的肚子，然後同時聽見自己骨頭碎裂的聲音，求生本能讓我忽視掉疼痛，只想著活下去。

那天晚上，我最後的記憶停在整片飛濺的腥紅。

三天後，我在一家私人醫院裡面醒來，睜開眼睛就看到劉叡跟李若水。

「你沒死也沒癱瘓真是奇蹟。」李若水站在裹滿紗布跟石膏的我旁邊冷嘲熱諷，我不知道她是從哪裡聽說了這件事，「你一個打六個是想自殺嗎？」

「活下來很好。」劉叡低頭看著我，墨黑的頭髮垂落下來，遮住了他的表情。

我承認我曾經覺得劉叡養尊處優、總是端著一副菁英左派散發優越感，矜貴高傲得跟我完全合不來。

但是很後來我才知道，劉叡是那天晚上唯一算得上對我伸出援手的人，他報了警也叫了救護車，並且堅持把我送進私人醫院，讓我不用在爆滿的急診室裡塞成健保沙丁魚。

「你運氣很好，沒被追究任何責任，警察只把你當成無辜捲入鬥毆的大學生。」劉叡微笑，笑得我心裡發寒，「那群混混酒測跟藥檢都沒過，身上還背著幾條暴力行為的前科，警察不可能相信他們的證詞。」

「刑事訴訟跟民事訴訟同時在打了，賠下來的錢我會全部給你，你有保險嗎？」劉叡問我，他處事向來很有條理。

我勉強地搖搖頭。

劉叡臉上的表情沒有任何變化，只是把雞精跟已經切好的水果放在病床旁邊的小櫃子上，「醫藥費我會處理，你不用太擔心。」

「李若水，你要走了嗎？」劉叡回頭看了李若水一眼，雖然他向來沉靜淡漠，但他確實是少數能在氣場上跟李若水相抗衡的人。

「我跟吳司年說幾句。」李若水撩了撩她的長髮，我記得她那時候就已經把大波浪染成酒紅色。

「那我在外面等你。」劉叡說完就走出病房，禮貌地留給我跟李若水獨處。

當然，李若水沒有說什麼甜言蜜語。

她只是施捨般地俯視著我，很輕佻地調侃我，「你沒死真是命大，這麼玩命好玩嗎？」

不好玩，我差點把自己給搞死，怎麼可能好玩？

「不要再用這種垃圾方法自殺了。」李若水笑了起來，分不清是在諷刺我還是在開玩笑，「警察很忙、混混也很忙，所以你下次再試圖殺死自己的時候，我會阻止的。」

「我會讓你回到過去，重新選擇不會殺掉自己的那種方法。」

她那時候的那句話，是玩笑話嗎？

真的穿越到過去的我，開始越來越懷疑。

林昀晞視角

雨下起來的時候，我正在便利商店裡面，聽著九二九的〈也許像星星〉。

「是不是有一天我也一樣，承認這個世界它就是這樣。唱的歌曲要不痛不癢，做人道理是有話不能講……」我跟著耳機裡的音樂，輕輕地哼在心裡面。

便利商店的燈光明亮得沒有一點自然的感覺，只剩下人工的準確，這個世界就是這樣。

我拿起一盒微波食品走去結帳，裡面所有的東西都是化學製造，價格昂貴得超現實。

可是我今天早餐跟午餐都沒吃、昨天也只吃了一餐，身體裡沸騰的飢餓早就凌駕所有損益考量，經濟學家到底是喝了多少酒才可以堅信人類很理性？

我用手機付了錢，非常高科技，店員的爛脾氣也很跟得上這盛行厭世感的時代。

店員臭著一張臉，幫我把微波食品放進微波爐裡，然後再用一張更臭的臉把微波食品和叉子甩給我。非常好，我就喜歡這種領著基本時薪的倔強。

塑膠叉子有種奇異的柔軟，用完即棄的那種孱弱，我拿著那叉子，捲著絕對會被義大利人丟進垃圾桶裡消滅的義大利麵吃。

意料之內的味道，不好吃，也不難吃，完美地卡在丟棄與接受的中間點。

我把吃完的塑膠盒子丟進垃圾桶裡面，盒子的底部還有個標章寫著生物可分解，真好，真環保，對這世界的正面影響可能比我二十年的人生還來得多。

外面的雨還在淅瀝嘩啦，耳機裡是張懸標誌性的嗓音，很詩意的歌詞，美麗又哀戚的意境，在雨聲的伴奏下有種更加剔透的涼意。

我走到放飲料的冰櫃前，眼光滑過五彩繽紛的各式飲料包裝，每個鮮豔的包裝顏色都像在尖叫著攫取我的注意力，絢麗奪目得令人喘不過氣，「這是個感官爆炸的年代」，我好像聽過哪個教授在講臺上這麼說過，語氣比起抱怨，更像被時代的浪潮狠狠打落的無奈，而那時底下的學生都以為教授只是在故作姿態而已，於是很配合地哄笑了起來，像個帶有諷刺意味的情境喜劇片。

沒事，教授，這確實是一個感官爆炸的年代，雖然我已經忘記那個教授的名字跟長相，但如果我再遇見他一次，我不會笑，而是會非常認真地告訴他：他說得沒錯。

現在超商飲料越來越貴了，我習慣性地去摸我的錢包，看看還剩下多少硬幣，我覺得在這資本主義時代，什麼求神拜佛，都遠不如掂掂手上的錢更能做決定。

結果我摸到一個不是我的錢包，裡面塞了很多很多的錢，多到可能比我這輩子承受過的愛和恨還要多，嗯，是吳司年的錢包，果然是教授，真有錢。

我拿著吳司年的錢，買了兩罐麥香紅茶，他喜歡喝麥香，所以他付錢非常合理。我拿著他的錢又買了一把傘，更加合理，完全沒有任何邏輯漏洞。

把麥香裝進背包裡，走出超商的瞬間，雨滴哩搭啦的聲音變得過於具體，玻璃門的隔音效果還真不錯。

快要走到社科院樓下的時候，我碰到了顧喬溪，她穿著奶白色的泡泡袖圓領上衣和櫻花粉色的收腰紗裙，綴著碎銀的耳環垂晃在她薄施脂粉的清麗面容，連打的傘都帶著精緻的花邊。

要是我沒頂住壓力仔細端詳，我肯定會認為我碰到了某個從貴婦花藝教室移植過來的外星人。

「怎麼樣？好不好看？」顧喬溪問我，看起來連微笑的弧度都精心計算過。

「如果我不認識你，我會覺得很好看。」誠實是美德，我不能騙人，「但因為我認識你了，所以我覺得很違和，請問你等等是要進宮選秀女，還是要去商業聯姻？」

顧喬溪狠狠瞪了我一眼，但沒出手打我，可見她今天身上的衣服跟妝有多貴，「我等等要去找駱教授。」

我一下沒聽懂，「所以你的聯姻對象是駱教授？」

顧喬溪非常興奮，「如果他願意，我也願意！」

我也不知道該跟她說什麼，只好祝福她，「那你一路順風。」

顧喬溪看起來很想把她的高跟鞋敲進我喉嚨，但她忍住了，我猜高跟鞋也很貴。

但對顧喬溪來說，更珍貴的肯定是駱皓踩著雨，筆直向我們走過來的畫面。

顧喬溪的臉唰一下就紅了，而我的臉則是啪一下就黑了。

她看到了駱皓，而我看到了站在駱皓旁邊的吳司年。

顧喬溪最先開口，「駱教授，我有問題想問你，可以嗎？」

駱皓微微笑了下，特別斯文也特別勾人，「是哲學問題嗎？」

顧喬溪眼神純淨，聲音是我沒聽過的害羞，「是哲學問題。」

「那我們去旁邊談吧。」駱皓還是淺淺笑著，雨水擦過他俊俏的側顏，落進他少扣了一顆釦子的領口。

顧喬溪用力點頭，跟著駱皓走了。

那把傘顯然是駱皓的，因為駱皓毫不猶豫地撐著傘走了，留下吳司年一個人在那邊淋雨，也不知道他們兩個人到底是誰抄了誰的論文，過節那麼深。

基於人道主義，我把傘遞給了吳司年。

吳司年很順地接過傘，站到我旁邊，跟我一起撐傘。

他並沒有站得很近，還是個禮貌的距離，但仍然很尷尬，雨落在傘面，成了唯一的聲音。

我從背包裡拿出麥香，遞給吳司年，「給你。」

吳司年愣了一下，「你給我是希望我現在喝嗎？」

「給你就給你了，什麼時候喝都可以啊，你沒收過禮嗎？」

「確實沒有。」吳司年很珍惜地把麥香放進口袋裡，好像這真的是他第一次收禮。

我有種地獄梗不小心玩成真實世界的愧疚感。

「你很常收禮嗎？」吳司年問我。
「也沒有到很常，就是朋友有時候會送，你沒有朋友嗎？」
「沒有。」吳司年回答得很乾脆。
我的愧疚感快要潰堤了，我從來沒有想過我會有心疼吳司年的一天。
「可能我的個性不好。」吳司年又補上這句，滿有自知之明啊，但這樣我很難接話。
我從背包裡拿出吳司年的錢包遞給他，「還給你。」
「嗯。」吳司年這次沒多說什麼，只是默默收了下來。
非常好，話題用完了，欠著的也還完了，我該走了，「吳教授再見。」
這句話像是驚醒了吳司年，他很警惕地問，「你要去哪裡？」
我有點被吳司年的態度嚇到，「沒什麼，就走走。」
「走去哪？」吳司年更加警覺。
「就走走。」我聳聳肩，這有什麼好大不了？
「那我送你過去吧。」吳司年說，態度很堅持，不知道在堅持什麼。
我很想拒絕，但我們只有一把傘啊。
雨一直下，溫度多少也降了一些，不用一陣風過來，我當場就打了個噴嚏。

吳司年看了我一眼，「可以拿一下傘嗎？」

我接過傘，不知道他要幹嘛。

吳司年很俐落地把他那貴到爆炸的Armani西裝外套脫下來，遞給我，「穿著吧。」

「不用了。」那麼貴的外套我稍微弄髒點，就可以準備去賣腎了。

而且我就這樣穿著教授的外套在學校裡走來走去，到時候要是一個不小心被誰拍到放到Dcard上，那我別說賣腎了，就算跳樓都沒用，雖然我已經跳過一次樓了。

「你不冷嗎？」吳司年拿著外套的手僵在那裡。

很冷，「不冷謝謝。」

吳司年思考了兩秒，然後很認真地問我，「你剛剛都打噴嚏了就代表你會冷，那為什麼不拿我的外套穿？」

既然你都誠心誠意問到這份上了，那我只好大發慈悲回答你了，「穿教授的外套不得體吧？」

吳司年愣了下，然後點點頭，默默把遞出外套的手收了回來。

「如果我不是教授就好了。」這句話吳司年說得非常輕，但我聽見了。

在那一秒鐘，我看到了吳司年私下的表情。

很空白，也很淒涼。

「我送你回去吧。」吳司年對上我的眼神，揚起了斯文的笑。

我點點頭，又搖搖頭，不知道為什麼，我總覺得此時此刻吳司年身上散發出來的哀傷真的太沉重了，我承受不住，「傘給你吧，我還年輕，淋點雨沒事的。」

吳司年笑得更深了，「我也沒大你多少歲啊，更何況我還是個男的，遇到下雨就把女生推出去，傳出去不太好聽吧？」

仔細一算，吳司年確實沒大我太多，不過，「我們現在真的要糾結這種性別刻板印象嗎？南澤一直宣傳自己是進步派。」

吳司年諷刺性地撇撇嘴角，「有些進步派的男教授還在左一句女生不適合搞學術、右一句男生要成大業，怎麼不說說他們？」

「那還算進步派？」我到底聽了什麼？

吳司年聳聳肩，語氣比硫酸還酸，「他們說是就是。」

我也笑了起來，然後連打了三個噴嚏。

好冷，從腳底板直竄上來的冷，我低頭望了下腳上的球鞋，仔細一看才發現，球鞋邊破了個很小的洞，雨水直接灌進我襪子裡，冷得我整個人都在發抖。

我真想殺了那個粗心大意到連球鞋破了都沒發現的自己，冷靜下來想想，才發現就是因為已經殺了自己一次，現在才淪落到這裡。

「你很冷啊？」吳司年問。

「不冷。」我牙齒打顫，哆嗦著說出這兩個字。

我靠，下場雨怎麼能冷成這樣？那些鑽研氣候變遷的科學家都不做點事嗎？

吳司年點點頭，把傘交給我，轉身就朝著社科院跑。

物理性上來說，我就是在雨中凌亂。

雨在下，我在凌亂。

真的是驚呆了，腦子一片空白，比十四億人都驚呆了加起來還震驚。

吳司年是不是精神上有點問題？

重生這種事情我們不都是第一次來嗎，怎麼就吳司年能夠整出這麼多花招？

吳司年再度出現在我眼前，透明的水珠沾在他剪裁精湛的西裝。

「穿著吧，別著涼了。」他遞給我一件普通到不能再更普通的灰色連帽外套，「這是我在Uniqlo買的，你不說沒人知道是我的。」

是啊，誰能想到整天穿Armani的大教授會有一件Uniqlo的連帽外套？

然後我就非常聽話地穿上了。

吳司年現在能拿出Uniqlo的外套逼我穿，等等就能拿出他的博士論文把我砸死。

「教授，這Uniqlo的外套在哪裡買的啊？」Uniqlo的外套品質還是不錯的，我覺得穿起來挺暖。

吳司年斜斜勾起笑，「可能是Uniqlo吧，你覺得呢？」

我被吳司年弄得啞口無言，只好沉默地往便利商店的方向走，想說買杯熱的暖一下身子。吳司年也沒再多說什麼，跟在我後面進了便利商店。

「我靠，一杯熱巧克力賣我一百塊，怎麼不乾脆去搶銀行啊？」飲料價目單上大大寫著的GODIVA很顯眼，但那行英文字旁邊的價格對我來說更刺眼。

吳司年站在我旁邊，雲淡風輕地對著店員說，「我要一杯GODIVA——醇黑熱巧克力。」

我默默豎起大拇指，這肯定是個土豪，品味真的土，但錢真的多。

店員跟吳司年收了九十九元，然後頂著連續做了九十九個噩夢的臭臉，去泡那杯除了昂貴以外都平平無奇的熱飲。做好後還直接就丟給吳司年，完全沒把吳司年當成一個人傻錢多的土豪，一點卑躬屈膝都沒有，在資本主義面前抬頭挺胸。

吳司年笑笑地接過那杯熱可可，然後轉頭就把飲料給了我。

「啊？」我臉上的表情澈底歪掉，這到底什麼意思？

就在同一秒鐘，便利商店的自動門打開，打扮精緻的顧喬溪走了進來，刷了睫毛、畫了眼線，還點綴了些小亮片在粉橘色眼影上方的漂亮眼睛，跟我四目相對。

「你跟吳教授在約會嗎!?」顧喬溪說出的來話讓人浮想聯翩、讓我非常絕望。

「不不不！你認錯了，我們沒有。」不知道為什麼，現場活像什麼被元配抓姦的戲劇性狀況，

「我跟他不是你想的那樣，我用我全身上下的器官發誓，我們只是剛好遇到的兩個陌生人，根本不

熟。」

在我努力辯解的時間裡，吳司年只是站在那裡優雅微笑，看起來比站在收銀檯後方的店員還要貫徹服務業的「閉嘴、微笑」原則，完美詮釋什麼叫服務精神。

顧喬溪湊到我面前，上下打量我，好像在檢查我的身上有沒有別人的口紅印或香水味，「林昀晞，你騙我。」

我背脊發涼，心臟狂跳，「你……你在說什麼啊？」

「你身上這件外套是男人的吧？」顧喬溪眼神犀利，搞得我不敢說話，甚至不太敢呼吸。

吳司年悠悠開口，「林昀晞身上那件灰色外套是我的。」

顧喬溪喀啦轉過臉，死死盯著吳司年，「吳教授是對我朋友有什麼意圖嗎？」

我還沒來得及辯解，顧喬溪的下一句話直接把我噎死，「林昀晞雖然不漂亮、不打扮，聽音樂的品味還很奇怪，但吳教授也不能這樣飢不擇食啊！跟學生談戀愛是行不通的！」

我一下子沒搞清楚，顧喬溪是在擔心我，還是在嘲諷我？

吳司年還是很冷靜，保持著一貫的矜貴斯文，「我對你的朋友沒有意圖。」

「那你想對林昀晞幹嘛？」顧喬溪護在我身前，狠狠瞪著吳司年，像在護崽的母獅。

吳司年優雅微笑，「我想問她一些哲學問題。」

「哲學問題？」顧喬溪傻眼，我能聽見她的腦迴路在崩潰。

「對，哲學問題。」吳司年一本正經，「特別哲學的那種。」

「多哲學？」顧喬溪竟然還問下去了。

「哲學到需要傅柯的理論跟黑格爾的辯證法。」吳司年不愧是教授啊，這種鬼話也能張口就來，他自己八成也不知道自己在講什麼。

顧喬溪被唬得一愣一愣的，腦迴路估計已經因為超載運轉而燒成灰。

「不好意思打擾了。」顧喬溪說完就走了。

我不怪她，這場景我自己也承受不住，「我也要走了。」

吳司年止住我，「但我的哲學問題還沒問。」

我嘆了很長一口氣，畢竟也是拿了人家一杯一百塊的熱巧克力，「那你問吧。」

吳司年把我剛剛給他的那十塊錢一紙盒的麥香紅茶拿出來喝，「你知道卡謬寫了一本書叫《薛西弗斯的神話》嗎？」

「我應該要知道嗎？」我看起來沒有生活嗎？

「卡謬那本書的第一句就是：真正嚴肅的哲學議題只有一個：那就是自殺。判斷生命值不值得活，就等於回答了哲學最基礎的問題。」吳司年喝了一口麥香紅茶，化學的甜味飄進我的鼻尖，「作為一個政治系理論組的學生，在了結自己前，想點哲學問題也是很合理的事情吧？」

我完全看不出合理性在哪裡，「如果我的學士論文算一種哲學問題的話，那我確實願意為了哲學問題去死。」

「是為了解開問題去死還是問了逃避問題去死？」

「當然是後者，如果我把問題都解開了，為什麼不好好活著？」

吳司年斜斜勾起嘴角，狹長的桃花眼露出計謀得逞的靈光，「所以你是因為什麼問題沒解開，才決定去死？」

原來他鋪陳這麼久，就是為了問這一題嗎？

不愧是吳司年，能夠擠進人才濟濟的南澤大學當教授，真是夠本事的。

「你有要回答我這個問題嗎？」吳司年斜斜倚在便利商店簡便到有些潦草的用餐區，頭髮跟西裝都被雨淋溼了，看起像個落魄的貴族。

「你問我這個問題是為了寫報告嗎？」我喝了一口熱巧克力，很好喝，但有點冷掉了，「我聽說學生自殺後學校都要找人寫報告，你是被找的那個人嗎？」

「我確實是那個替死鬼。」吳司年笑了起來，「但我都穿越了還擔心寫報告？」

「那為什麼你要在乎？」吳司年的形象跟關懷學生、古道熱腸之類的字詞完全沾不上邊，在我印象所及的範圍內，吳司年關心學生的臺詞就是固定那一句「你報告再不交我就當你。」

「我學生就這麼莫名其妙跳樓自殺死了，我憑什麼不能在乎？」吳司年反問的語氣很鋒利，鋒利到不像是個在頂尖大學教書的菁英學者，反而跟我記憶中的一個身影奇異的疊合。

我不禁脫口而出，「你好像我以前念小學的時候遇到的一個英文老師。」

吳司年拿著紅茶的手頓了一下，「小學老師還是補習班老師？」

我又愣了一下，才發現剛剛不小心把心裡的猜測講出口，被吳司年給聽見了，「補習班老師，我念小學的時候我媽有送我去補英文。」

「男老師啊？」吳司年饒有興致地挑起眉，細長的桃花眼似笑非笑。

好像，跟我小時候遇到的英文老師真的好像，「對，男的，他那時候好像還在念大學吧？聽說他後來去英國留學了。」

「英國哪裡？」吳司年蠻不在乎地喝著麥香紅茶，但我知道他對這個話題莫名地非常感興趣。

「忘了。」時間久遠，我是真的沒印象了，「但聽說是很厲害的學校，劍橋或牛津之類的吧。」

「我猜是劍橋。」吳司年咬著吸管，聲音有點含糊。

「為什麼是劍橋？」

「就一個猜測。」吳司年聳聳肩，但還是讓話題繼續打轉在我小學遇到的那補習班老師身上，

「你覺得我跟你那補習班老師哪裡像？」

「講話的方式吧。」既然話都說到這了，那就講到底吧，反正這種時日久遠的事情也沒什麼好瞞的，「你剛剛講的那一句話，我那個老師也講過。」

「他講了什麼？」吳司年把喝空了的紅茶罐子丟進垃圾桶，漂亮的拋物線。

「他說：我的學生就這麼莫名其妙地被人欺負了，我憑什麼不能在乎？」

「哦？」吳司年似乎覺得很有意思，「你還會被人欺負啊？」

「其實也不能說是欺負，就是小孩子間的打鬧吧。」我淡淡地說，時間沖刷過那些傷痕，讓疼痛也變得遙遠，「只是那次比較過分點而已，補習班老闆的兒子一巴掌甩在我臉上，而大家都當沒看到。」

現在回想起來還能讓我心臟跳動的，只剩下那一段情節了，「只有我跟你說的那個補習班老師衝了出來，擋在我前面，對著補習班老闆兒子一頓大吼，當場把那小少爺給罵哭了。」

我嘴角揚起，「現在想想，那個男生敢對我動手純粹就是看我好欺負吧？」

「大部分的人都欺善怕惡吧。」吳司年單手插在口袋裡，溼漉漉的西裝緊緊貼在他精實的體格上，「不過如果你下次還是被欺負的話可以找我。」

「找你幹什麼？」我怎麼不乾脆直接報警？

吳司年撇撇嘴角，笑得很涼很深很鋒利，「我的學生就這麼莫名其妙地被人欺負了，我憑什麼不能在乎？」

我看著就站在我面前的吳司年，恍惚之間，有個錯覺。

覺得當年那個去英國念書的補習班英文老師回來了，而且就站在我面前。

第四章

吳司年視角

我醒來的時候，衣櫃裡面沒有Armani。

這麼幾年來，這件名牌西裝代表了我淺薄的自尊，如果可以，我會希望那件西裝的價格能夠跟商標印在一起。

因為我已經是個有氣無力的大人了，除了穿很貴的西裝以外，沒有什麼拿得出手的東西，也沒辦法在可預見的未來裡達到什麼了不起的成就，只能努力做到成年人該做的事，上班、下班、賺錢、存錢、買了小小的房子、然後更努力上班下班賺錢存錢。

我看了眼手機螢幕上的時間，這是我還沒成為大人的時候，是我博士班畢業前的夏天。

對於又換了一個時空這件事，我很意外，但沒有太多驚訝。

我只是冷靜到有些抽離地計算了一下時間，嗯，這一年林昀晞還在念高中。

我知道她畢業自華陽高校，她遞給大學的申請書上面有寫。

是一間很昂貴也很嚴厲的私立學校，以每年穩定生產出五十個南澤大學醫學系和法律系學生的輝煌戰績聞名，將升學主義玩得虎虎生風的一把好手。

而這個時空的我，還連一件像樣的襯衫都沒有。

去他媽的這世界。

我走進廁所裡，一坪不到的空間裡面塞了洗手臺、馬桶、跟一個蓮蓬頭，非常潦草，但也挑不出太多的缺點，畢竟該有的都有，其他的就也別太要求。

雖然是穿越過來的，但我猜這間旅館應該很便宜，畢竟我連買一件像樣的襯衫都沒有，手上的手機還是有錢同學汰換下來，開價二十英鎊賣我，但我只出了五英鎊。

五英鎊換一個頗有年歲但還堪用的iPhone值不值得，我不知道。反正我是買了，還幫有錢同學煮了一個禮拜的晚餐，抵我沒付的那十五英鎊，我不擅長殺價，卻挺擅長記得這種細瑣的事情跟各項國際公約的更迭。

我不知道記得這些事情到底有什麼實際意義。

廁所的鏡子被擦得很亮，反射著熱辣的陽光，有點太刺眼，而且鏡子裡的我好陌生。

沒有西裝、沒有金絲眼鏡，而是一件印著劍橋校徽的T-shirt跟嚴重磨損的牛仔褲，一看就是經濟情況堪慮，臉上那材質差勁的黑色膠框眼鏡更是印證了我的貧窮。

我貧窮到連那件印著校徽的T-shirt都不是我自己掏錢買的，而是入學典禮上學校免費發的，在我好幾個有錢同學都把那衣服當成垃圾丟給我後，劍橋校徽T-shirt就變成我念博士班時的標準穿著。

沒有美感，純粹貧窮。

我在寒酸單薄的行囊中翻找，除了書以外，我只找到兩張一千塊，還有信用卡。

英國的信用卡在臺灣應該沒辦法刷，而且裡頭也沒什麼錢，我當時也就是一個靠著獎學金念書的博士生，連租房都只能跟人合租地下室，信用卡裡怎麼可能還有錢，能辦出張卡來都是奇蹟。

算了，兩千塊就兩千塊，我少吃個幾餐也夠買件襯衫。

帶上手機、錢包、房卡，我就出門了。

信義區一直都很熱鬧，街上來來往往的不是我看不懂的個性潮牌就是大牌如LV或Gucci，一塵不染的精品櫥窗裡展示著當季新品，底下的價格有著一長串的零，我銀行帳戶裡都沒這麼多錢，而從貴婦百貨出來的女人卻毫不費力地拎著Hermes經典的橘色紙袋，坐進來接她們的賓士裡，幾公尺之外的我，卻連悠遊卡都捨不得加值。

不用說我也知道，我的穿著跟那裡格格不入，身上的劍橋校徽又該死的顯眼，我聽見幾個穿著潮牌、大概是富二代的年輕男生大聲嘲笑。

「欸，你看那個穿得很破爛的男生，他衣服上面印的是劍橋欸。」手拿IPhone最新款的男生指著我，像看到動物園裡的無尾熊在酗酒。

「地攤買的吧。」衣服上大大印著Supreme的男生滿臉鄙夷。

另一個男生把玩著他手上的美國運通卡，「靠北，真的會把老子笑死，念劍橋還窮成那樣，我說學歷沒用我爸還不信，我一定要把這劍橋男拍下來給我爸看。」

「到底要多自卑才講得出這種話啊。」很乾淨的嗓音，刻意加大的音量。

我看向聲音的來源，是穿著高中制服的林昀晞。

那三個男生也同時看向林昀晞，表情像是剛剛發現自己的有錢老爸被抄家一樣難堪，不知道是誰給出的暗號，那三個男生同時向林昀晞走去，表情陰狠得像要去狩獵。

比錢我肯定是輸家，但如果要打架，那我非常肯定能打得過這三個富二代。

沒有更多猶豫，我衝到林昀晞面前，一把拉開了走在最前頭的那個富二代，「想打架嗎？」

那富二代絕對被嚇傻了，結結巴巴地問，「你……你……是不是……是不是有病……？」

「我只是禮貌性詢問一下你們有沒有準備好打架而已。」我氣定神閒，微笑著活動筋骨，雖然身上的衣服很破舊，但我能感覺到身體上結實的肌肉，畢竟我可是在一打六的混戰中活下來的奇蹟。

那富二代被嚇得退了一步，撞上了隨後走來的另外兩個富二代。

我可沒這麼容易就罷手。

盡情享受著那三個囂張富二代現在已經飆到最高點的恐懼，我優雅宣布，「給你們十秒鐘考慮，是要跟我打架，還是逃跑回家找爸爸？」

那三個富二代交換了一下眼神，其中穿得最五顏六色的那個說，「你這樣已經算恐嚇了，信不信我們告你，我爸認識很多律師。」

「那你去告吧。」林昀晞聳聳肩，語氣裡沒有太多情緒。

我轉過頭，看見林昀晞正在她同學驚詫的目光中，無所謂地笑著，眼神鋒利而冷靜，「但上法庭可是講證據的啊，剛剛的對話都有錄音嗎？存證了嗎？確定都符合犯行要件嗎？說服好自己在社會上有頭有臉的老爸上法庭了嗎？有錢人可是最要面子的啊，這種幫兒子收爛攤子的事情，要真傳出去可不好聽啊，你們說是吧？」

看著這樣的林昀晞，我腦子裡止不住地想。如果那天晚上的酒吧裡，有人願意像林昀晞這樣，為我出頭，那我是不是就不會只能看到人心的陰暗與荒涼？

「你一個小女生懂個屁。」大概是見從我這裡討不到什麼好處，那幾個剛剛被我弄得灰頭土臉的富二代重整旗鼓，表情猙獰得就要去打林昀晞。

林昀晞絲毫不慌，拿出手機，用更大的音量說，「你們再威脅說要打我，我就要報警了！當街對陌生女生搭訕不成就要動手，怎麼這麼不要臉⁉」

周圍的人全都看過來，竊竊私語、議論紛紛，雖然音量小沒辦法聽得很清楚，但落在那三個富二代身上的，都是鄙視的眼神。

我看著林昀晞，覺得她全身上下都在發光。

極目遠眺，我好像終於能夠看見一點明亮。

那三個富二代灰溜溜地走了，大概真的怕林昀晞去報警，畢竟她穿著華陽制服揹著書包，還長著一張滿是書卷氣的清雅臉龐，要是真報警了，警察九成九會相信。

林昀晞聳聳肩，「一群垃圾。」

我看著林昀晞，再看著她身邊那群同樣穿著華陽高校制服卻嚇到快崩潰的學生，覺得她比我還瘋狂。

站在林昀晞旁邊的男生看了林昀晞一眼，又定定地看著我，「你是林昀晞的？」

「他是我朋友。」林昀晞話音剛落，整群華陽高校的人同時露出的那表情，連我都覺得尷尬。念華陽高校，還認識像我這樣穿著破爛、並且隨便在路上跟人起衝突的小混混，肯定很不得體吧，換作是我也覺得丟臉。

「你怎麼會認識這樣……的朋友？」那男生問，很有禮貌地把不文雅的字詞都吞下去，卻更殘忍地凸顯出那隱而不說的部分。

我看向那男生，很清秀的長相、很斯文的氣質，一看就是溫雅家風養出來的孩子，熨燙整齊的制服上繡著他的名字：蘇清澤。

在我打量蘇清澤的時候，蘇清澤也同樣在審視我寒酸的穿著和狠戾的氣質，我看到他墨黑眼瞳裡轉瞬即逝的輕蔑，然後他裝作不經意地把林昀晞拉到他身後，對著我微微一笑，不用多說都能看出那笑裡的意思。

是啊，我一個文科博士怎麼跟一個出身富裕、教養良好、成績應該也很不錯的男生爭？他有燦爛前程，而我呢？

就算最後當上了教授，看起來優雅矜貴，但內心也只是一片死灰。

但我不想輸，而且我手上還剩一張底牌沒有掀開。

我掏了掏後口袋，把劍橋發的學生證抵在了蘇清澤眼前，「我叫吳司年，劍橋大學政治系，知道劍橋大學嗎？」

蘇清澤皺起了眉頭，明顯在克制脾氣，「知道。」

「知道啊？那很好。」我勾起笑，把學生證在他眼前快速一晃，「等考上了跟我說一聲，還是你考不上？」

蘇清澤看起來要發火了，很好，我就要他失態，最好失態到跟我動粗。

我在刻意挑釁蘇清澤，我承認。

劍橋大學的學歷，是我手上唯一的王牌。

在這尷尬的時候，一個氣質幹練的嬌小女生把話接了過來，「我們跟松山高中約的練習賽要開始了，林昀晞你還有要跟你朋友講話嗎？還是跟我們一起走？」

林昀晞看了我一眼，不知道在想什麼，「我跟我朋友講一下話，等等就過去。」

「好。」那女生看起來是社長或指導之類的人，「那蘇清澤你接林昀晞的三辯，林昀晞你把我昨天寫給你的損益比傳給蘇清澤。」

「我現在傳給你。」林昀晞從書包裡拿出手機，把訊息轉傳給蘇清澤。

蘇清澤也同時拿出手機，確認了一下自己的通訊軟體，「收到了。」

「那我們現在過去松山。」那嬌小女生揮揮手，帶著那群華陽高校的學生走了。

蘇清澤走在最後，他回過頭，筆直凝望著林昀晞。

林昀晞回望著他，淡淡地笑了笑，「快走吧，你還有事情要忙。」

「有什麼事情傳訊息給我。」蘇清澤說，同時帶有些敵意地看了我一眼。

「我的事情會自己處理。」林昀晞說，語氣很平淡。

什麼都沒說，但也什麼都說了。

蘇清澤愣了一下，還是點點頭，走了。

蘇清澤一走出我視線，我就忍不住問林昀晞，「那蘇清澤是誰？」

「我學長，大我一屆，後來考上清大資工系。」林昀晞的回答非常簡潔。

「你跟他交情很好？」我盡量問得不著痕跡。

沒想到林昀晞回答得很直接，「還行吧，我高中的時候暗戀過他。」

我的心忽然就提到了半空中，卻還是裝作漫不經心，「看不出來你喜歡這種類型。」

林昀晞聳聳肩，公事公辦的語氣像在討論投資方案，「喜歡蘇清澤很合理吧。他成績很好、長得不差、也很有禮貌，幾乎沒有什麼太明顯的缺點。」

「那你們後來怎麼沒交往？」我繼續問。

林昀晞的語氣還是淡然如同在討論抽離的哲學問題，「他沒有堅定地選擇我，我也沒有堅定地選擇他。」

我看著這樣的她，鬼使神差地說，「我會堅定地選擇你。」

林昀晞看了我一眼，禮貌地笑了笑，「謝謝你的安慰。」

這其實不是一句安慰，但我不敢說。

「你怎麼會在信義區？」可能是因為我沒穿西裝的關係，林昀晞現在都不叫我教授，對待我的態度也少了許多拘謹。

「我來買襯衫。」我誠實回答。

「為什麼要買？」林昀晞上下打量了我一下，不得不說她實在有點後知後覺。

「你沒聽到剛剛那幾個富二代說什麼嗎？」

「不就一通胡扯嗎？」

我沒有說話。

林昀晞頓了一下，才明白過來，「你該不會真的相信他們說的話吧？」

「我能不相信嗎？」沒有外在，誰在乎內在？

劍橋學歷是我的王牌，但那些富二代和華陽高校學生看我的眼神，就算深覺羞辱，我也很難否認其中道理，「我穿成這樣站在你旁邊，你都不覺得丟臉嗎？」
「為什麼會丟臉？」林昀晞不理解。
「因為不體面。」我覺得這幾個字解釋了一切。
林昀晞很聰明，她聽懂了。
「我不知道你會在乎這種事情。」林昀晞看著熙來攘往的街道，來來去去都是昂貴的牌子，踩在地板上揚起灰塵的鞋，隨便一雙就是幾千幾萬塊。
我在乎這種事，很在乎，在乎到願意把整個月的薪水全部砸去買Armani，就只為了證明我買得起，也配得上。
「如果你在乎就去買吧。」林昀晞轉過頭看著我，然後拿出她的錢包，抽出裡面所有的紙鈔塞給我，「買一件好一點的，看起來更得體。」
我不知道林昀晞是生氣了還怎麼樣，她沒什麼表情，很平靜也很冷漠，像在觀望一場發生於遙遠對岸的火災，給予禮貌的同情。
我完全不知道林昀晞在想什麼，她只是安靜看著手機上的訊息，在聊天列表裡，蘇清澤被置頂。
「你等一下要跟我去挑襯衫嗎？」我問林昀晞，稍微挪動了一下位置，讓從我身上灑落的陰影能恰巧遮住她的手機。
林昀晞抬頭看了我一眼，「我對男生的襯衫沒概念。」
「我有概念就可以了。」我只是想要她答應。

「那好吧。」林昀晞把手機丟進書包裡，「你要買什麼牌子？」

聽到林昀晞答應，我的心情忽然好了很多，「ZARA或Uniqlo吧。」

林昀晞有點驚訝，「你不買個更好的嗎？」

「先求有再求好吧。」我跟林昀晞一起走進附近的百貨公司。

除了西裝業以外，不管什麼服裝品牌都對發展男裝很吝嗇，男裝部分總是小小一區，顏色都是單調的黑灰白藍，好一點再弄個卡其色什麼的，總的來說其實沒什麼好挑。

「你對襯衫有什麼要求嗎？」林昀晞看著男裝區少得可憐的陳列商品。

我現在連錢都沒有，還要求什麼，「白色跟藍色你選一個吧？」

林昀晞根本連看都懶，「藍色吧。」

「那是這種牛津襯衫還是比較正式的？」

「左邊那個。」林昀晞指著牛津襯衫。

「這不太正式啊，我等等可能會見到你朋友。」

「我朋友是你老闆嗎？」

我聳聳肩，拿起那件藍色的牛津襯衫，「算是吧。」

「為什麼？」林昀晞站在我身邊，穿著面料輕薄的藍色夏季襯衫，在心口的位置繡著華陽高校華麗的校徽，標誌著她富裕的出身。

我對著她笑了笑，「我剛剛不是說過了嗎？我不想站在你身邊的時候不體面。」

林昀晞愣了一下，好像完全無法理解我在說什麼外星語言，「我從來沒有覺得你不體面啊。你現在這樣有哪裡不好嗎？」

我沒有再多解釋什麼，因為突然好想、好想哭。

已經有超過十年，我不曾哭過，因為太清楚就算眼淚落下也不會被誰溫暖地接住，真的哭出來大概也只會成為茶餘飯後的笑話，還不如讓心變得冷硬，武裝出刀槍不入的外殼，然後說服自己只要夠努力就不會感到疼痛的這個謊言，其實是真的。

「你拿這種成績都不覺得丟臉嗎？」在我第一次，也是唯一一次不是校排第一的時候，我被這麼狠狠訓斥，這句話於是纏繞了我一輩子。

不能不知道，也不能做不到，我只能往前瘋狂奔跑，爭取路上的每一個榮耀。

我一直努力、一路輝煌，念的從來都是第一志願，但換來的，卻只有越來越多逼迫我做得更多、更好的貪婪要求，好像我只要沒有超標，就是失敗。

仔細想想，我的人生確實挺失敗啊，沒有朋友、沒有伴侶，幾乎沒有任何社會支持。從來沒有人告訴我：沒關係，你現在這樣就夠好了。

林昀晞是第一個這麼對我說的人。

「你不要想太多。」大概是見我沉默得有點久了，林昀晞岔開了話題，「你有念過經濟學嗎？」

這話題岔得有點太開了，「……微觀還宏觀？」

「就是計算比較利益的那個章節，你有學過嗎？」

「這個概念在談國際貿易的時候會用到，所以我知道。」

「真巧，我也是在念國際貿易系的時候學到的。」

都忘了，林昀晞在轉進政治系前是唸商學院的。

「總而言之，在經濟學裡有一個概念是這樣的，」林昀晞拿出了她的經濟學知識，「在經濟學裡面的所有個體都被假設成有相對優勢，也就是說不論個體多爛，這世界上總有一件事情會是由他來做最有經濟效益的。」

我也根據我的經濟學知識提出了質疑，「你確定經濟學是這樣講的嗎？」

林昀晞一臉無所謂，「反正我教授是這樣講的，但她是在全班期中考平均只有五十分的時候講的就是了。」

我笑了下，「她只是想鼓勵你們而已吧？」

「這我就不知道了。」林昀晞聳聳肩，「我只是想告訴你：不管你覺得自己多不得體，你都是有相對優勢的，絕對沒比別人差。」

「我覺得這世界上大部分人都不會這麼想。」殘忍，但這是事實。

「我沒有訪問過世界上大部分人，也沒有看過相關的研究，所以我不知道。」林昀晞這種取證嚴謹的態度，真適合做研究啊。

「但如果你問我的話，我會跟你說：這就是我的想法。」林昀晞目視前方，在百貨公司營造出的浮華氛圍之中，她乾淨的聲音顯得別樣輕盈，「我不覺得你比任何人差。」

我不相信，「就算我現在這樣？」

林昀晞抬頭看著我，「嗯，就算你現在這樣。」

我沒回答，就只是看著她，在她墨黑瞳孔的盡頭裡，我很模糊地看見自己的身影。

有好長一段時間，我們都沒有說話。

我在想，會不會我穿越到這時空的意義並不是拯救林昀晞，而是被林昀晞給拯救。

真正打從心裡死掉的那個人，其實是我自己。

穿著打扮、談吐舉止、研究課題、最後連思考和寫作的方式也是，我變成了我的職稱。工作變成我唯一的標籤、遞出去的名片是他人認識我的唯一方式，甚至到最後，除了研究跟工作以後，我已經沒有其他認定自己的方式。

我不相信任何人、我討厭任何世界上會呼吸的東西、我甚至衷心期待萬物毀滅的那一天提早來到。早就澈底失去生活的意義與動力，卻還是堅持待在學院的象牙塔裡關心戰爭、革命、國際經濟與發展、還有一堆莫名其妙的主義，在精緻繁複的論述裡浮沉，直到望出去的世界裡，只剩下陰沉沉的空洞。

「去換衣服吧。」林昀晞指著我手上那潔白的紙袋，「你那襯衫買了不穿也浪費。」

林昀晞的聲音把我從深沉到近乎絕望的思緒中喚回來，「那你在這裡等我一下，我去洗手間換個衣服。」

林昀晞點點頭，從書包裡拿出一本小說開始看，這年頭我已經很少看到有人在這麼日常的場景裡，稀鬆平常地拿出一本貨真價實的實體書開始看。

我沒問那是哪本書，打算回來再問。

這是我的人生極罕見地，對於接下來會發生的事情抱有期待的時刻。

男廁人很少，我走進廁所隔間裡，把劍橋T-shirt脫下來，把襯衫換上去。

白襯衫尺碼有些大了，但好在肩寬還算是挺合，整體面料也算在可接受範圍內。

我對著鏡子整理了一下儀容，釦子少扣一顆、袖子要捲兩摺、簡單弄了下頭髮，整理好思緒才走出廁所。

林昀晞站的位置離男廁有些遠，但她那件藍色的華陽制服很顯眼。

我走過去的時候，她還在看書，蒼白面容被科幻風格的書封遮住，長長的頭髮披散著，瘦削的肩膀被沉重的書給壓低了幾吋，可能是因為壓力大的關係，整個人看起來比大學時的她瘦了好多，像風一吹就會散的紙雕。

遠遠看著她，我在想，會不會我穿越到這個時空也能夠拯救她？

百因必有果，會不會林昀晞自殺的原因，就藏在她高中生活裡？

也許我只要我夠努力、夠聰明、找到足夠多正確的線索。並且使用恰當的方法和步伐，就還有機會，讓她活下來，然後拯救我自己。

林昀晞可以拯救我一次，就可以拯救我第二次，但如果她沒有活下來，那再談什麼都是枉然。

我走上前，輕輕敲了林昀晞手上那本書的書背，「可以請問你在看什麼書嗎？」

林昀晞放下書，露出她清秀的臉龐，「我可以說不嗎？」

我笑了起來，「當然可以。」

「那就不可以。」林昀晞闔上書。

「為什麼不可以？」其實剛剛走過來的時候，我就已經看到書封上的書名了，是經典黑色諷刺喜劇《銀河便車指南》的第二集。

「因為現實很常是不準確的。」林昀晞把小說丟進書包裡。

這是那本書裡的一句對白，我聽出來了，「那本書我也看過。」

「你覺得好看嗎？」林昀晞用完全不感興趣的語氣問。

「總比論文好看。」我跟林昀晞並肩走著，雖然我其實不知道我們要去哪，「你高中的時候都在看這種書嗎？」

「沒，我也就隨便看看。」林昀晞回答的語氣也很隨便。

我還沒來得及往下問，林昀晞就已經丟下我，「我去誠品找點書。」

「找什麼書？」我迅速追上去。

我好歹也是劍橋畢業，錢沒有，但書跟知識都有，還有很多。

「一些國際政治之類的。」林昀晞把手機從書包裡拿出來，把螢幕給我看，「我這次打的辯題是全球化對發展中國家利大於弊或弊大於利。」

「原來你是辯論社，你喜歡這個社團嗎？」線索會藏在這裡嗎？是這個社團讓她不快樂嗎？

「沒有什麼喜歡或不喜歡。」林昀晞面無表情地使用著搜尋引擎找她想要的資料。

邏輯上來說，這回答不太能成立，「總會更偏向喜歡或不喜歡一點吧？」

「你要這麼說也是可以吧。」然後林昀晞就戴上了耳機，擺明了不想理我。

我只好換個她可能會感興趣的話題，「你在聽什麼？」

「一個很不紅的獨立樂團，臺灣的。」林昀晞拔下右邊的耳機，表情看起來像願意為了早早結束這場對話塞紅包給我。

我沒有讓她得逞，「你喜歡這個樂團嗎？」

「算喜歡。」

「所以你還是有喜歡的東西的嗎？」

「嗯。」

「你有去看過那個樂團的表演嗎？」

「沒有。」

「是因為很貴嗎？」

「不是。」

「那是因為什麼？」

林昀晞看了我一眼，看起來更想結束對話了，語氣也更冰冷，「沒想過。」

「那你現在想一下。」

似乎是確定了我不問到答案不罷休，她才給了超過三個字的回答，「可能是怕去聽了現場會幻滅吧？」

「那你可以喜歡別人啊？臺灣歌手很多吧？」

林昀晞皺起眉，像在跟笨蛋解釋太陽從東邊升起，「我很少真正去喜歡一個東西，就是從頭喜歡到尾的那種很少，所以如果我真的喜歡了點什麼，我會希望我能喜歡久一點，大概是這樣吧。」

大概是基於施捨我貧弱智商的心態，林昀晞又補了一句，「我本質上是一個很無聊的人，無聊到需要特別去喜歡，或至少知道一些娛樂圈的東西才能跟人聊天。」

「既然都知道這些東西了，應該也算是個有趣的人了吧？」

「聽點音樂、看點電影什麼的，就可以算得上很有趣了嗎？」

「這我就不知道了，因為跟你相較起來，我應該更無趣。」

「你只看書是嗎？」

「書跟期刊。」

「那真的滿無趣的。」

「我還會跟牆壁聊天，這樣有更有趣一點嗎？」

「這已經不是有不有趣的範疇了吧？」

「那是？」

「那是可能需要專業心理醫生干預的範疇。」

「沒那麼嚴重。」我跟著林昀晞走出百貨公司，燥熱潮溼的暑氣撲面席捲而來，在有點髒濁的空氣裡，我的聲音被蓋在車水馬龍的噪音之下，「我只是個無趣的人而已。」

林昀晞脫下手腕上的髮圈，在等紅綠燈的空檔俐落扎好了馬尾，露出白皙的脖頸，「但你在劍橋畢業了不是嗎？之前有個網紅補習班老師叫學生好好念書，因為成績好做什麼都是對的，我想這句話套在你身上應該可以適用。」

我敏銳地嗅到了線索的味道，「那像你這麼會念書，最後還考上南澤的資優生，高中應該過得很快樂吧？」

「我不會用『快樂』這個形容詞來評價我的高中生活。」林昀晞的馬尾隨著她走動的節奏跳動，很輕快的夏日青春感，語調卻是相反的荒涼，「但也沒什麼可抱怨的就是了。」

「什麼意思？」

林昀晞指著她胸口的校徽，「能念這所學校需要什麼背景，你應該也知道吧？」

確實知道，能夠念華陽高校，非富即貴，當然也可能是學術成績頂尖到驚悚的數理天才，但我直覺認為林昀晞不是那類型，她有富裕家庭出來的氣質。

「像我這樣出來的學生，都已經有所有應該要有的資源了，如果還是失敗，那肯定就是自己的問題。」林昀晞冷漠得更顯荒涼和殘酷，「既然是自己的問題，那還有什麼可抱怨的？像我這種出身背景，還抱怨什麼結構性不平等就太過分了。」

「你從來不抱怨嗎？」

「我只抱怨自己，因為是我自願把一手好牌打爛的。」

「那如果有人跟你說失敗不一定完全是你的錯，你會相信他嗎？」

「我會謝謝他善意的謊言。」

「所以你依然堅持一切的不幸都是自己的問題？」

「極度化約後，大概是這個意思沒錯。」

「你真的是一個很難被關心的人。」話說出口，我才驚覺這話說重了。

但林昀晞似乎完全不這麼覺得，「我不需要被關心，」

「只要是個人都要被關心吧？」

「我沒修過心理學所以我不知道，但被關心有什麼實質意義嗎？」林昀晞想了一下，補充了一句，「我不需要關心，我只需要實質性的協助。」

「那你自殺前為什麼不尋求協助？」為什麼不來找我？

林昀晞的回答簡潔，卻絕望，「因為沒用。」

「有些事情發生了就是發生了，沒辦法解決的。」林昀晞看著我，提出來的問題精準到近乎暴力，「在這種狀況下，去死不是很合理嗎？」

「那如果我可以幫你呢？只要我能幫你解決問題，你就可以繼續活下去了對吧？」我的語氣很急切，問題的核心就在這裡，只要我能說服林昀晞，一切就都沒事了，「你看現在連上帝都打算幫你一把，讓你可以穿越時空、重選一次，這次我幫你解決問題，以此交換你好好活著。」

「我沒有特別的宗教信仰。」林昀晞還是一副沒什麼所謂的樣子，「但我的問題我會自己解決。」

「那你如果沒有自己解決呢？」

林昀晞看著我，在刺眼陽光的照射下，她墨黑的瞳孔像化不開的陰影，死死地纏繞住她看世界的觀景窗，「那我會解決我自己。」

我回望著她，覺得整個世界都在崩塌。

林昀晞視角

現在是在跟我開什麼國際玩笑？

我看著面前的高中數學考卷，在內心裡崩潰千百萬次，sin、cos什麼的早就已經不存在我的記憶之中，cos90是一還是零來著？

不知道、不清楚、不要問我！

當熟悉的學校鈴聲響起，準備收卷的時候，我面前的考卷只寫上了名字。

「考卷交換改。」數學老師說完後，就轉身在黑板上寫答案。

「趕快抄吧。」我隔壁同學沒有把考卷遞給我，而是這麼對我說。

我疑惑地看了下她，而她則對我眨了個眼，那瞬間，我懂了。

她在拯救我爛到谷底的數學成績。

我大夢初醒，趕快拿起鉛筆隨意地抄了幾個答案，順便抄下隔壁同學善心大發遞過來的計算過程，魚目混珠、以假亂真，整個過程比偷竊國家寶藏還刺激。

「小老師把考卷收上來。」數學老師又一聲令下，我的考卷在我跟隔壁同學的齊心合作下，寫著大大的六十分，剛好擦過及格線。

「剛剛，謝謝啊。」我看著隔壁同學的臉，想了一下才想起她叫什麼名字。

她叫陳品瑄，非常普通的名字，跟她這個人一樣，都沒什麼特別突出的特質，就像完美落在平均值上的一顆點，不吵、不鬧、不惹麻煩，也沒有什麼閃亮的才華，就只是乖巧地坐在教室裡，一遍又一遍地複習。在段考快到的時候，她也會不厭其煩地給我講解我那分數比數學更淒慘的物理。

這樣乖巧認真的她，卻在學測時數學科大失常，因為那年的三角函數考得特別多，而她特別不擅長三角函數。大概是學測留下來的陰影太深，她指考出來的成績甚至比學測更糟糕，只能去念一些以她的高中成績來說很不好的學校，念什麼系我也沒聽說了，也許對如此熱愛心理系的她來說，除了心理系以外，不管念什麼，都是低就、都是白費了三年的高中。

可是她真的是個好人啊，很好很好的人啊，從來沒想過害人的那種人。

為什麼最後，反而是她沒有很好的結果呢？

指考成績出來，是一路在混的我超常發揮，考進金光閃閃的南澤商學院，而成績一直很穩定的她卻只能念一個不怎麼樣的學校。

「你放學後又要去辯論社啊？」陳品瑄有條不紊地整理著書包。

「哦，嗯，對啊。」整理書包對於已經在念的我來說是個陌生的動作，畢竟我大學時就只有一臺筆電、一本手帳、一枝鋼筆，實在沒什麼東西可收。

「掰掰。」陳品瑄向我揮揮手，打開門的時候，夏日陽光混合著刺眼的人工日光燈打在她臉上，讓她看起來明亮非常。

「陳品瑄，等一下。」我叫住了她，腦海裡面飛快地組織著語言。

「怎麼了？」陳品瑄背著光，對著我好脾氣地笑。

我想了一下，只能模糊其詞，「剛剛的三角函數你好像沒考好啊？記得學測前要認真複習這部分。」

陳品瑄笑了起來，「現在離學測還有好久。」

「我知道，但三角函數很重要，非常重要，你學測考數學前複習三角函數就好。」

也許是看我表情很嚴肅，陳品瑄也斂起了笑容，「那我把它記在手機裡。」

「學測前別換手機啊。」我站在陳品瑄旁邊，看著她一個字、一個字地輸入：學測前複習三角函數。

「還有一件很重要的事情。」我筆直凝視著陳品瑄，「絕對不要指考。」

陳品瑄望著我，非常困惑，「你今天好奇怪啊。」

我聳聳肩，笑了笑，拎起書包，「反正我能說的就到這裡了，先走啦。」

「哦，那掰掰。」陳品瑄朝我揮揮手。

我也朝她揮揮手，希望她能考進南澤大學的心理系，她一定能成為很棒的心理師，我有這個信心，我相信她。

我向前走著，鋪著灰色地板的走廊、整排整排的置物櫃、貼著課表的大門、還有揹著書包玩玩鬧鬧的學生，這些都是我曾經熟悉卻逐漸陌生的東西。

考上南澤大學後，我一次都沒回來過這裡，覺得沒這個資格。

我不知道怎麼面對大家，在我走運考進商學院的時候，我不敢回來，是因為覺得自己沒資格去面對那些比我更努力卻比我考得更差的同學，更不知道該用什麼心情去面對那張大大列著我名字的榜單。

我不是資優生，我不是那種好學生，我只是運氣很好才考上了很好的學校跟科系。

我不是故意以一個毫不努力的機掰姿態去搶走別人夢寐以求的東西，我真的不努力、不念書、不擅長數學，我多希望大家都可以認知到這些，但我只聽到我的同學站在榜單前面，惡狠狠地罵一句，「林昀晞憑什麼啊，數學那麼爛。」

是啊，憑什麼？

我憑什麼？

最後事實證明：我不夠好。

商學院澈底摧毀了我的自尊心，第一個學期結束的時候，我有三科必修被死當，全系師生都覺得我是智障，而我甚至撐不到大一結束就申請了轉系。

轉進政治系後，我更不敢回華陽高校，畢竟這高中是一個所有人都力爭上游、認真奮鬥的地方，而我卻自願遞交申請單，從前途璀璨的商學院轉進沒人知道畢業後可以幹嘛的政治系，選的組還是抽象離地且沒有任何變現能力的政治理論。

我覺得自己爛透了。

我再也沒跟別人說過我是華陽高校的畢業生。

「林昀晞。」是蘇清澤的聲音，比我記憶裡更乾淨。

我念大學後就再也沒見過蘇清澤了，他後來考上新竹的學校，從此消失在我的人生之中，當然在這個通訊過度發達的年代，這樣的失聯不可能沒有刻意的成分在。

聽說蘇清澤上大學後變得好看很多，拿掉了眼鏡、整理了頭髮、穿得像是從韓劇裡走出來的高富帥，但他現在還戴著黑色細框眼鏡，穿著跟我一樣的制服，念著跟我沒差多少的教科書，站在我面前。

我逼著自己開口，乾澀地說出最保險的開場白，「學長好。」

蘇清澤愣了一下，我這才想起來，高中時我從沒叫過他學長，即使辯論社是個有學長姊制的社團，但蘇清澤總是放任我對他大呼小叫、沒大沒小，我甚至還叫過他跑腿幫我買巷口的迷克夏，而在我的記憶裡，面對我各項無理取鬧甚至莫名其妙的要求，蘇清澤很少說不好，甚至願意在指考前一個月花時間教我數學。

我一直以為蘇清澤喜歡我，所以我跟他告白了。

當下他沒有說好、也沒有說不好，然後我知道了他對每個女孩都是這樣的，不靠近、不遠離、真需要什麼協助找他幫忙時，他通常也都不會拒絕。

所以我封鎖了蘇清澤，再也沒跟他聯絡過，他也沒來找過我。

聽說後來他一直沒交女朋友，也沒像我一直開玩笑的那樣交一個男朋友，可能忙著念書吧，他到大學了還是成績非常好。

「等一下跟松山的練習賽你會去嗎？」蘇清澤低下頭問我，他比我高挺多。

我避開他的眼神，「不去也得去吧？」

「嗯？」蘇清澤又愣了一下，說了句，「你今天好像跟平常不太一樣。」

「你平常也沒注意過我吧。」我刻意讓蘇清澤走在我後面，這樣我就不用面對他。

蘇清澤大概是笑了一下，但他的笑向來很淺，從來都是沒有聲音的笑，就跟他這個人一樣，都沒什麼聲音，溫和有禮、個性淺淡，感覺沒有什麼特別喜歡或不喜歡的事情，可以說是脾氣好，但更精確的說法應該是：蘇清澤這個人沒有感情。

因為沒有感情，所以沒有情緒，當然也就沒有任何偏好。

想清楚這點後，我就不生氣蘇清澤拒絕回應告白了。

我不恨他，甚至不討厭他，我只是還沒想好怎麼面對他，僅此而已。

轉角下樓的時候，我跟蘇清澤遇到了其他辯論社的夥伴，蘇清澤跟一個學姊隨口閒聊了下上禮拜的數學小考，我則是藉口看資料，低頭安靜望著發亮的手機螢幕。

這次的辯題是：全球化對發展中國家利大於弊或弊大於利，我記得我在大學的時候上過這個題目，那門課好像就是給吳司年教。

我上網搜尋了一下南澤大學的官網，並沒有找到那門課，甚至沒有吳司年的資料。

這個時候的他，還不是一個教授嗎？

我從來沒有想過，不是教授的吳司年會是什麼樣子。

搭捷運的時候，辯論社的人全都在討論等等練習賽的論點。

論點很無聊、架構缺乏想像力，整體而言沒有任何創意，幾乎都是在爭奪定義，並且還是以一種很不精巧的方式爭奪。讓我想起我離開辯論社就是受夠了這種僵化的思考方式，拿一套學長姊制定的論點上去辯論場上辯論一些枝微末節的小事，整輪四分半鐘下來都是在爭執資料的正確性，我都搞不清楚到底是在參加辯論賽還是應徵假新聞查核中心。

我寧可去蹲牢，也不想再當無情的事實查核工具。

下了捷運後就是信義區了。

信義區光鮮亮麗、大牌雲集、幾乎每個人都精心打扮，至於打扮的結果是到處開屏的噁心雄孔雀，還是上流社會的知識分子，那就看造化了。不過有幾隻無腦公猴毫不猶豫地向我展現了他們不配作為人類的淺薄教養。

「欸，你看那個穿得很破爛的男生，他衣服上面印的是劍橋欸。」手拿iPhone最新款的男生指著一個穿著破舊T-shirt跟嚴重磨損的牛仔褲的男生，被指指點點當動物園觀的男生低著頭，我卻一眼就認出了他是誰。

他是吳司年！

就算俄羅斯總統現在跪下來跟我求婚都沒辦法讓我這麼震驚，我印象裡的吳司年向來都是穿著矜貴西裝、高高在上的模樣。

「地攤買的吧。」另一個衣服上大大印著Supreme的男生鄙夷地繼續嘲笑吳司年。

還有一個男生把玩著他手上的美國運通卡，「靠北，真的會把老子笑死，念劍橋還窮成那樣，我說學歷沒用我爸還不信，我一定要把這劍橋男拍下來給我爸看。」

吳司年沒有反駁，只是低著頭，努力假裝沒聽到，他身上那件T-shirt大大印著的劍橋校徽從光榮的勳章變成巨大的鐵鎚，一舉砸碎他的自尊心。

我不懂他為什麼不反駁，明明比起這三個垃圾，他優秀得多啊！

「到底要多自卑才講得出這種話啊。」在我的大腦從眼前這震撼場景反應過來之前，這句話已經從我嘴巴說出。

「別惹麻煩。」蘇清澤在我耳邊低聲說，語氣是沒聽過的嚴厲。

這是我第一次看到他生氣。

與此同時，吳司年也跟我對上了眼神，在我還沒想好要擺出什麼表情回應這尷尬的狀況時，剛剛嘲笑吳司年的那三個人形垃圾已經開始朝我移動。

恐懼在我腦海中炸開，但我的身體卻澈底石化。

我很清楚，沒有人會救我。

華陽的學生可以一天念十小時的書，但不可能在任何一場鬥毆裡撐超過十秒鐘。

就在我覺得我要被三個男人聯手揍死的時候，吳司年衝到我面前，一把拉開了走在最前頭的那個男生，「想打架嗎？」

那男生大概是被嚇傻了，結結巴巴地問，「你……你……是不是……是不是有病……？」

我也被嚇傻了，並且以一種非常暴力的方式認知到：我現在眼前的這個吳司年，跟我在大學課堂裡看到的吳司年不是同一個人。

現在的這個吳司年穿著破舊、身形精瘦，但不是書呆子那種蒼白的弱不禁風，而是充滿了隨時可以戰鬥的結實肌肉，一頭無所顧忌地護在我面前的野獸。

「我只是禮貌性詢問一下你們有沒有準備好打架而已。」吳司年微笑著活動筋骨，不是他在大學教課時的斯文有禮，而是充滿暴力的侵略性。

為首的那男生被嚇得退了一步，撞上了隨後走來的另外兩個男生。

我躲在吳司年身後，用手機撥好了一一〇，只要情況一超出控制，我就報警。

但吳司年好像聞到血腥味就絕不罷手的鯊魚，他竟然讓事態升級，「給你們十秒鐘考慮，是要跟我打架，還是逃跑回家找爸爸？」

那三個男生在交換眼神，我的心臟跳得飛快，如果真的打起來，那吳司年得一打三，雖說那幾個男生感覺就是個沒什麼用的富二代，但吳司年有這麼能打嗎？

還好，對方比我想像得更快就認慫，「你這樣已經算恐嚇了，信不信我們告你，我爸認識很多律師。」

但吳司年還是表情陰狠，我在空氣裡聞到場面失控見血的前兆，有電影裡那種黑道火拼現場的氛圍，但我可不想在現實裡體驗那些血脈賁張的暴力場面。

而且吳司年可不是廟口小混混，他是搞學術的啊，我的天！

一個劍橋政治系博士在信義區街頭跟人公開叫囂已經夠丟臉的，還光天化日當街鬥毆!?這要是傳出去，那吳司年在學術界就不用混了。

雖然我不是很喜歡吳司年這個人，但我絕對不會否認他在專業領域的才華和努力，他是個很優秀的研究者，是個憑實力爭取到南澤大學教職的頂尖學者。

我不能讓他的前途毀在這裡，這是我心裡的唯一想法。

我必須賭一把。

面對著那男生虛張聲勢的挑釁，我拿出我畢生的冷靜，聳聳肩，很鎮定地說了一句，「那你去告吧。」

吳司年轉過頭，那三個男生也看著我，而我的後背承受著我那些辯論社夥伴驚詫的目光，但我必須往下講了，只要吳司年再插手，事情就極有可能變得更糟糕，糟糕到難以理解的地步，我不能眼睜睜看著吳司年在這裡親手炸掉自己的學術生涯。

所以我只能若無其事地笑著，拿出我辯論社三年加上大學三年訓練出來的邏輯與知識，「但上法庭可是講證據的啊，剛剛的對話都有錄音嗎？存證了嗎？確定都符合犯行要件嗎？說服好自己在社會上有頭有臉的老爸上法庭了嗎？有錢人可是最要面子的，這種幫兒子收爛攤子的事情，要真傳出去可不好聽啊，你們說是吧？」

「你一個小女生懂個屁。」那幾個男生表情更猙獰了，但至少戰火被引導到我身上了，只要吳司年不涉入，事情就好辦了。

而且是對方主動提出要請律師，那就表示這三個男生沒有打算真的動手。

如果是比暴力，那我會謹慎考慮，但如果是比誰講話更大聲、更囂張、更有衝擊力，那我這個辯論社出來的人可是有輸過沒怕過，在自己擅長的場子，不玩大一點也太可惜。

既然要玩個大的，那就一次解決才有意義。

我拿起手機，用整個信義區都應該要能聽到的音量說，「你們再威脅說要打我，我就要報警了！當街對陌生女生搭訕不成就要動手，怎麼這麼不要臉⁉」

承受不住那周圍射來的鄙視目光跟我可能真的會報警的威脅，那三個男生落荒而逃。
非常好，效果卓著。
「一群垃圾。」我總結，所有人都用看瘋子的眼神看我。
蘇清澤臉上有我從未見過的表情，恐懼、驚慌、困惑全部都混雜在一起，他看了一眼我，又定定地看著同樣神色複雜的吳司年，「你是林昀晞的？」
我試圖緩和氣氛，「他是我朋友。」
很好，沒效，所有人，包含吳司年的表情都很糟。
還好接下來的事情發展很迅速，除了吳司年試圖挑釁蘇清澤這個插曲以外，都很順利，社團指導直接把人帶開，留我跟吳司年獨處。
蘇清澤走在最後，他回過頭望著我的時候，好像整個三年高中時光都濃縮定格在那一個回眸裡，所有怦然心動和悄然心碎都被凝結在那個回眸裡，豔麗綻放又緩緩消散。
那是青春裡絢爛的煙火，但已經走到了散場的時間。
我跟蘇清澤都該離開這段青春歲月鋪設的宴席，「快走吧，你還有事情要忙。」
「有什麼事情傳訊息給我。」蘇清澤說，他身上全都是我熟悉過的東西，華陽制服、細框眼鏡、甚至是腳上的白球鞋。
「我的事情會自己處理。」我這麼對蘇清澤說，這就是我這輩子可能跟他講的最後一句話，從此之後，各自曲折、一別兩散。

蘇清澤愣了一下，還是點點頭，走了。

我看著他慢慢遠去的背影，真正有了高中畢業的感覺。

畢業快樂啊，那個曾經跟我一起走過長長的路、聊過深深的話、包容我的小任性卻給不出任何偏愛的男孩，我們再也不見。

吳司年站在我旁邊，很安靜地看著這一切，卻在人一走後急切地問我關於蘇清澤的事情，完全無法理解吳司年到底在想什麼。

但他問都問了，我就簡略地講了一下，他沒必要知道太多，就如同我從不過問他的私生活，雖然我很懷疑他有沒有生活。

跟我預料的一樣，他沒有往下追問，只是以一句不溫不火的安慰作結，然後跟我說要他要買襯衫。

都忘了吳司年是個不穿襯衫就會心肌梗塞的老學究了，雖然他自己提出來的理由是為了看起來得體，但我覺得那純粹是個藉口，實際情況是他沒穿襯衫就無法呼吸。

買襯衫的過程很順利，如果不把吳司年那些傷春悲秋的碎碎念算進去的話。

其實我很難理解吳司年為什麼對他的人生不滿意，作為一個學術工作者，他應該拿到了所有他想要的，包含劍橋的學歷、南澤的教職、還有能夠讓他整天穿Armani的優渥薪水，我不理解他還有什麼好不快樂的，難道是因為沒有朋友嗎？

這也不對啊，像吳司年這樣的研究者，不是只要有學術跟西裝就心滿意足了嗎？我沒有辦法明白吳司年為什麼不快樂，他也無法明白我為什麼不快樂。巨大的認知鴻溝橫亙在我們之間。

在走出百貨公司之後，吳司年問我，「那你自殺前為什麼不尋求協助？」

「因為沒用。」會有什麼用呢？頂多就是被叫去做心理諮商，但如果我的問題是心理諮商可以解決的問題，那我就不會覺得那是什麼大問題。

我的問題，不是講講正向思考或安撫內在小孩就可以解決的。

「有些事情發生了就是發生了，沒辦法解決的。」我說，也一直這麼相信著，「在這種狀況下，去死不是很合理嗎？」

「那如果我可以幫你呢？只要我能幫你解決問題，你就可以繼續活下去了對吧？」吳司年的語氣急切到近乎侵略性，我從來沒有見過他這個模樣，他向來優雅矜貴，對別人甚至自己的事情都是一副可有可無的態度，彷彿得到什麼、失去什麼於他而言都無所謂一樣，心如止水也如死灰，無風無雨也無光。

吳司年繼續講了下去，「你看現在連上帝都打算幫你一把，讓你可以穿越時空、重選一次，這次我幫你解決問題，以此交換你好好活著。」

我其實沒聽懂他到底在講什麼，「我沒有特別的宗教信仰，但我的問題我會自己解決。」急歸急，吳司年的智商可沒丟，問的問題還是很精準，「那你如果沒有自己解決呢？」

「那我會解決我自己。」我話音剛落，就看到吳司年很明顯地踉蹌了一下，感覺下一秒就會暈倒在大馬路上。

英國的交通狀況我不懂，但暈倒在臺灣的大馬路上可是會有生命危險啊，尤其在信義區這種車潮洶湧的地方，能撿回半條命都是個值得花一輩子還願的奇蹟。

沒有更多猶豫，我攙起吳司年，雖然準確來說應該是拖著他，在紅燈以前奮力跑向人行道。

「你是不是想謀殺我？」吳司年的聲音聽起來很虛弱。

「如果我真想謀殺你，就會讓你在馬路正中央兩眼開開等投胎。」我擦著額上的汗，吳司年看起來挺瘦，卻比我想像中的重很多，我剛剛跟拖著鉛塊跑障礙賽沒什麼區別。

吳司年倚著行道樹休息，蒼白的臉色跟剛剛準備幹架的他真是判若兩人。

「需要送你去醫院嗎？我可以幫你叫計程車。」儘管吳司年現在看著沒什麼大礙，但難保他等等不會出什麼我沒辦法處理的狀況，盡快把這個責任往外拋才是王道。

「不用，我只是熱而已。」吳司年穿著不怎麼適合臺灣氣候的襯衫說，「我已經習慣英國的天氣了。」

「那你為什麼回來臺灣？」我問，畢竟以吳司年的學歷來說，在英國找工作應該不會太困難。

吳司年意味不明地笑了一下，沒有回答這個問題，「那你為什麼自殺？」

「你為什麼這麼在意這問題？」我不理解。

「我的學生死了，我不能在意嗎？」看吳司年思緒這麼清晰，那大概是沒事了。

「我是理論組的。」駱皓才是理論組的負責人，我不會否認我當初選擇修讀理論是被駱皓的盛世美顏鬼迷心竅。

「不管是哪一組，都是政治系，我也教過你幾堂課，關心你也很正常。」

「每年都有幾個政治系學生從頂樓跳下去，我怎麼沒見你關心過？」

「那跟我有什麼關係？」

「是啊，那我有沒有選擇活著跟你有什麼關係？」

吳司年半閉著眼睛，強烈的陽光在他臉上撒下深深的陰影，「你知道我把你當成我的學生，代表什麼嗎？」

我又沒教過書，我怎麼會知道，「代表你會決定我的成績？」

「也代表我對你有責任，我有責任保護你，這樣你能理解嗎？」吳司年斜瞟著我，很玩世不恭的姿態，像樹蔭下逃課的叛逆少年，眼神中的堅定卻是我從來沒見過的。

我完全不理解，而且，「我自己過得很好，不需要你的負責。」

吳司年忽然挺直身子，居高臨下地俯視著我，眼神底那片深不見底的墨黑浮動著恨與怒，顯得更加陰沉執拗，「不需要！沒問題！我自己很好！你是只會這幾句話嗎？除了拒絕我的幫助，你還會什麼！」

「哦，你還會去死，背著我默默去死。」吳司年突來一笑，顯得他更加森然可怖。

他彎下身，筆直凝視著我的雙眼，每個字都咬得很重很清晰，「你怎麼不去死。」

說完，吳司年轉身，當場走人。

我嚇傻了。

腦袋一片空白、動都不敢動，濃烈的恐懼跟困惑席捲全身。

現在換我靠在行道樹上，虛弱地大口喘著氣，彷彿在湍急河流中溺水掙扎。

剛剛，是幻覺嗎？還是噩夢？

為什麼一夕之間，吳司年就變身成童話故事裡會吃掉小孩的怪物？

然後，我僵直著身體，眼睜睜看著吳司年調轉方向，再度向我走來。

嶄新的白襯衫、破舊的牛仔褲、和那雙已經髒到失去潔白的球鞋，混合著吳司年臉上陰狠的表情，我試圖尖叫，喉嚨就被恐懼給哽住，完全發不出聲音。

我想逃跑，但做不到，只能看著吳司年步步進逼。

「跟你交換。」吳司年的語氣寒得能凍壞整個非洲大陸。

「交……交……交……換什麼？」我結結巴巴地問，根本不敢對上吳司年的眼神。

「換什麼都可以。」吳司年揚起笑，我從背脊涼到腳底，「只要你好好活下去。」

「為……為……為……什麼？」我低著頭，像做錯事等著挨打的小孩。

吳司年笑得更深更冷，也更哀傷了，「我很少真正去喜歡一個東西，就是從頭喜歡到尾的那種很少，所以如果我真的喜歡了點什麼，我會希望我能喜歡久一點，大概是這樣吧。」

這話很熟悉，我倏地抬起頭，「這不是我說過的話嗎？」

「確實是。」吳司年毫不隱瞞，「很好用就借來用了，你介意嗎？」

我撇過眼神，「不介意。」

吳司年似乎輕輕笑了一下，他也斜靠在樹上，離我離得有些太近。

我耳邊可以感受到他勻稱的呼吸，和他忽然變得如曬過的白色床單般，又柔又暖的聲音，「我是說認真的：為了讓你好好活下去，我什麼都可以拿來做交換。」

第五章

吳司年視角

這次又換了一個新時空，天空很黑、風很冷，整體來說不是一個舒適的天氣。

這也無所謂。

我低頭檢視了下我自己，Armani的西裝不僅在，而且外套、背心、襯衫一件不少，脖頸上除了Hermes的深色暗紋領帶還有一條Kenzo的圍巾，昂貴的羊毛面料柔軟而溫暖，手上同樣也要價不斐的錶顯示著八點十五分。

一切好像都回歸正常，但我心底隱隱約約有個預感告訴我：事情沒有那麼簡單。

我拿出手機，上面的日期很熟悉，帶著刺痛感的那種熟悉，卻在試圖回想起這股熟悉感的來源時，只能獲得一片空白和本能性的抗拒，好像我的身體與我的大腦共謀，不惜一切代價抹掉一段不堪的記憶，以防自己徹底崩潰。而且那用力的程度之大，讓我連一點蛛絲馬跡都找不出來，彷彿我根本沒有活過這一天。

今天，到底發生過什麼？

作為一個專業研究者和東亞教育體制下的考試機器，我非常擅長記憶，即使是各種看似瑣碎的細節我也會努力把它塞進腦袋裡，難保哪一天考試會考或是研究會用。

但在沒有任何理性認知或是知識架構的前提下，我卻對今天這個日期有強烈的情緒共鳴，這是為什麼？

沒有任何理由，我就是能直覺性地確認：今天，或說是曾經在今天發生過的事情，會是造成我跟林昀晞時空跳躍的關鍵。

手機一震，我走到路燈正下方，暈黃的燈光有些混濁，我打開手機，發現是駱皓發了封電子郵件來問一些學術研究相關的事情，我往上滑，藉著過往的郵件往來紀錄複習了一下我們合寫的這份論文的細節。

我走進不遠處的便利商店買了杯咖啡，很難喝，是預料之內的那種難喝方式。我在便利商店簡陋的用餐區回覆駱皓的電子郵件，隨便塞了幾個政治研究領域的專業用字，拼法越接近法文、德文、希臘文的那種越好，顯得高深莫測，有種知識腐爛的味道。

打量著自己不帶任何腦子和專注寫下的回覆，不鹹不淡、不溫不火、四平八穩得連重點都沒有，但最可怕的是：我發現我自己完全不在乎。

從博士班畢業後，不，正確來說是我交出那篇讓我一舉成名的博士論文後，我就不在乎了，不敢說知識這麼廣泛的指稱被我玩透了，只能說這生產知識的行業潛規則，在我因為那篇博士論文獲得巨大成功後，我就摸明白了那些隱而不說的規則。

我花了一整個夏天拆解那篇博士論文的架構、參照著各方評價，把一篇好的論文該長什麼樣子給弄懂了。不能說是懂的多透澈，但至少夠我在這行業裡面無風無雨地做下去。反正我沒有理想，也不想得什麼多偉大的獎，能領著穩定的薪水、混口還算優渥的飯吃，我就覺得可以了。

然後，我就什麼也不在乎了。

想及此，我忽然覺得我觸碰到了問題的核心。

如果我對今天的遺忘確實來自於過於巨大的情緒波動，那答案也就呼之欲出了，因為我在乎的事情也就那麼一點，連掰著指頭數都用不到兩隻手。

我喜歡威士忌、需要Armani，但失去這兩個東西我的日子還是能照常轉動，可替代性很高，威士忌沒有的話，喝白蘭地我也能接受、Armani倒閉我能去買Tom Ford，但只有一個東西是我真正在乎卻幾近於無可替代。

那就是林昀晞。

我再度打開手機，看著螢幕上顯示的日期，終於明白為何那熟悉感能給我帶來深入骨髓的疼痛。

今天，是林昀晞自殺的日子。

體認到這件事情後，我放下只喝了兩口的超商咖啡開始奔跑，卻不知道該往哪去。

在不知道方向的時候，去哪裡都是一樣的，所以我在道路正中央停了下來，一個騎腳踏車、形銷骨立的憔悴學生差點撞上我。

「幹。」那學生煞住腳踏車，罵了句髒話。

「別對教授這麼不禮貌啊。」戲謔的語氣、似笑非笑的男聲，比起調解紛爭更想看戲的態度，當我轉過頭去的時候，意外也不意外的看見駱皓。

那學生看了我一眼，大概是被我身上昂貴的西裝給說服了，「教授好。」

「嗯，我很好。」我隨便地打發那學生。

那學生看了我一眼，又看了駱皓一眼，帶著對自己期末成績的深刻擔心，走了。

「那是我帶的研究生。」駱皓說。

「哦。」干我什麼事？

「你也剛從圖書館出來嗎？」

「那什麼？」

駱皓看起來非常驚訝，「難道你是靠著維基百科畢業的嗎？」

「我是劍橋畢業的。」

「所以你不是用維基百科而是劍橋百科嗎？」

「沒有劍橋百科，只有牛津通識讀本。」

在駱皓還沒能開口繼續質疑我的學歷前，我就先煩躁地打斷他，「你再問，我就送你去見媽祖。」

駱皓愣了一下，猶猶豫豫地告訴我，「可是這裡只有土地公廟。」

「啊？」他在說什麼鬼話？或……神話？

「前面左轉有一間土地公廟，聽說很靈，你要去嗎？」

「呃……好？」

駱皓熟門熟路地領著我到了隱身在教學樓外面一間不是很起眼的土地公廟，不要問我為什麼駱皓這樣一個芝加哥大學畢業的政治哲學博士，會如此投身於本土民俗信仰。

「這裡我常來。」駱皓對著我說，從他午夜色的Burberry長風衣裡面取出一包香，還很善良地分了三枝香給我。

我接過，學著駱皓的樣子燃起香，虔誠一拜，裊裊白煙順著焚香的氣味攀升，直達天聽。

「希望林昀晞可以好好活著。」我在心裡向土地公許願。

拜完後，駱皓又問了我一次，「你真的沒去過圖書館嗎？」

「哪個圖書館？」有了剛剛的經驗，我這次問得清晰且謹慎許多。

「社科院新蓋的那圖書館。」駱皓指著不遠處一棟嶄新的純白高樓，在濃濃夜色之下彷彿自體發光，「很多學生會在那裡念書，上面還有個天臺很漂亮。」

我敏銳地捕捉到了關鍵詞彙，「天臺？」

「對啊，有個開放式的天臺很漂亮，你沒上去過嗎？那裡人滿少的。」

「人滿少的？」我捕捉到了第二個重要細節。

「因為那上面夏天很熱、冬天風很大，還要走一段很窄的樓梯才能到，我只有跟著姜青去過一次。」駱皓自嘲地笑了下，「但如果是跟著姜青的話，我大概連地獄都願意去吧？」

我沒理會他這些傷春悲秋的假抱怨真秀恩愛，畢竟我還有正經事要辦。

「喂、喂、喂，你幹嘛？」駱皓傻眼地大聲問我，而我拔腿就跑。

「去趟地獄。」我邊跑邊對他吼叫。

經過的學生都覺得我們瘋了，阻止學生念博班是我們這群學術工作者最後的溫柔。

社科院圖書館人滿為患，等電梯的人可以一路排到門口。

也不知道是我身上的矜貴西裝還是我散發出來的煩躁太嚇人，所有的學生都離我離得遠遠的，深怕一不小心就引爆一顆未爆彈。

「吳教授趕時間嗎？」清冷的聲音、精緻的面容，是姜青。

我瞟了她一眼，語氣不善，「特別趕。」

「那走逃生梯可能比較快。」姜青面無表情，她走到一扇非常不起眼的門面前，用力一推，慘白的日光燈照著筆直向上的階梯，莫名有種都市驚悚片的氛圍。

「先走了。」我把門關上，深吸一口氣，衝上階梯。

不得不說，體力還是有差。

在上個時空，我能清晰感受到身體裡的野性和魄力，那些都是靠著學校裡的免費健身房練起來的肌肉，精壯得都能跟人野外肉搏。

但現在可不一樣了，雖然年紀從數字上來看不算大，但我每天穿著昂貴西裝在學院裡沒日沒夜做研究，被學生跟各種各樣的行政庶務折磨得連求生慾望都快沒有了，更別說健身這種風花雪月的事情。

在學院教書的這幾年，我沒有生活、沒有肌肉、除了爛命一條，曾經擁有的都已經自願雙手奉上給我的工作。

幹。

不知道是磕到了什麼，我摔了一跤，膝蓋重重撞在階梯邊緣，但卻感覺不到痛。保持著下跪的姿勢，我低頭看了下，原來是皮鞋的鞋帶鬆了，絆到了。

我心一橫，直接把皮鞋給脫了，繼續往上跑。

紊亂的呼吸、胡竄的心跳，我覺得我在測試自己身體的極限。

一口氣沒吸上來，我眼前一黑，重重摔在冰冷的地板上，天旋地轉，奮力睜開酸澀的眼，仰望著蒼白的天花板，一隻蜘蛛拖著陰影踽踽爬過。

我用力扯下害我一陣窒息的圍巾，驀地感覺一陣寒涼滲透皮膚，牆上高掛著的數字三，居高臨下地嘲笑我。

離頂樓天臺還有不少層樓，我背靠牆面調整了一下混亂的呼吸，然後艱難地撐起自己，在我站直身子的時候，依稀聽到了骨頭摩擦或可能斷裂的驚悚聲響。

那一秒鐘，我一點害怕的感覺都沒有，只知道自己要跑，一定要跑，不能停下來。

奔跑的時候，似乎容易看見自己。

我確實也看見了自己，那個已經流逝的、今天的自己。麻木、冷漠、以及那份不在乎任何人、也不被任何人所在乎而養出來的尖酸刻薄，對自己和別人都沒任何同情或同理。

當救護車的鳴笛聲劃破那天的夜空，我站在社科院大樓的電梯口冷笑一聲，渾然不在乎一條年輕生命的殞落，「又有學生跳樓啊？那我們明年能多招幾個嗎？」

「為什麼要多招幾個？」站在我身邊的是劉叡，他是我的大學學長也是社科院院長。

「不多招幾個怎麼追得上這每幾個月就一跳的折損速度？」

劉叡正反覆撥打著一支沒有記錄名字的手機號碼，聽到我的問話，頭也沒抬，只是淡淡地說了句，「放過別人也過自己吧，司年。」

「什麼意思？」我問，整個學院裡只有劉叡會叫我「司年」。

他通常叫對方的職稱，但畢竟我跟他在彼此連工作都還沒有的時候就認識了，所以他基本不叫我的職稱，而是省去姓，直接叫我的名字。

「字面上的意思。」劉叡懶得跟我多說，因為他的電話終於打通。

他迫不及待地講起了電話，平常冷靜到近乎殘忍的人，開頭卻是焦急的一句，「姜青你沒事吧？我聽到救護車在響。」

我當然聽不見姜青回答了什麼，但我很訝異劉叡也有這麼一面。畢竟他表面溫文爾雅，實則心狠手辣，心裡的城府比地府還深，可說是勾心鬥角、爭權奪利的一把好手，學院裡的人看到他都膽寒。但就算是這樣一個人，聽到救護車刺耳的鳴笛時，首先想到的是打一通電話關心一個人。

劉叡放下手機，定定地看著我，「司年啊，找個人關心日子也會比較好過。」

「我有個軟肋你才好拿捏我是吧？」我反唇相譏。

劉叡溫和一笑，「沒有軟肋不會是最強，只會是最可憐。」

「我一個人也過得很好。」我繼續逞強。

劉叡大概那時候就看穿了我，但他沒有直接說破，只是問，「如果今天救護車裡面躺的是你學生，你還能這麼不在乎嗎？」

「我有什麼好在乎的？」

我那時候反問劉叡的那一句話，現在終於得到了肯定的回答。

我在乎，其實很在乎，在乎到我只敢假裝不在乎。

那天的救護車裡躺的確實是我學生，我最重視的學生，我在這世界上最在乎的人，但我卻只能穿著我用大部分的薪水買來的昂貴西裝，說服自己其實不在乎。

我不是沒有軟肋，只是單純軟弱。

軟弱到連承認自己在乎都不敢，太害怕於被拋棄、被蔑視、被再度用力推回那一無所有的深淵，只好強迫自己武裝出一個光鮮亮麗的硬殼，偶爾獲得了些眾星拱月的讚美，也只是覺得空虛。

拿到了所有年輕時夢寐以求的，卻在到手的瞬間發現一切都搞錯了，而真正在乎的卻已經擦身而過，緊握在手裡的其實不是黃金，只是某個長得像黃金的贗品。

真正的黃金，出自於這世界上我最在乎的人。

林昀晞，我們總是可以晚點再去死。

或是，再也不想著死，而是極目遠眺，看見前方的世界有多少光亮。

那樣該有多好。

出現在我眼前的，是明顯比剛剛的階梯更狹窄很多的樓梯。

我一愣，旋即想起來駱皓說過：那上面夏天很熱、冬天風很大，還要走一段很窄的樓梯才能到。

看著眼前的樓梯，我笑了，想跟林昀晞說一句「我來了」。

不管你在天臺上，還是已經跳下了天臺，我都來了啊。

提著最後一口氣，我以百米衝刺的速度衝上了那段窄梯。

窄梯的盡頭是一扇門，我用全身的力氣撞上了那扇門。

那扇門其實很薄，一撞就散，所以我幾乎是跌著進到那天臺的。

天臺上，坐著林昀晞。

林昀晞雙手抱膝，把自己縮成一團，像一球被強風吹落的棉絮。

我輕手輕腳走過去，褪下身上的外套，輕輕蓋在她單薄的肩膀上。

「林昀晞，我是吳司年。」

「我在這裡。」

林昀晞又把自己縮得更緊了一點，但卻伸出細瘦的手臂，緊緊抓著我。

她比高中時期又瘦了好多，她有好好吃飯睡覺嗎？她冷的時候有人幫她多拿一件外套嗎？還是她念大學的這幾年來，都只是在費力地掩飾她的不快樂？

我在她身邊坐下來，靜靜地陪著她，夜色如潑墨般流淌而下，彷彿整個世界只剩下我們在這裡，耳邊還迴盪著林昀晞細細密密的哭聲。

林昀晞是個連哭都很節制的女生。她聰明、她尖酸、她有時候甚至挺冷漠，但哭泣的時候，卻近乎沒有聲音。

我脫下身上的西裝背心，遞給林昀晞，「要哭的話墊著哭吧，別弄髒了自己的衣服。」

林昀晞沒有接過，可能有所顧慮吧，所以我又加了一句，「這東西是買西裝的時候送的，很不好穿。」

林昀晞這才默默接下了背心，繼續哭。

我看著哭泣的林昀晞，張開了口，卻發不出聲音，根本不知道該如何回應。安慰的話很久沒講了，連一個完整的句子都想不出來，更可能的是：我從來沒被安慰過，理所當然地也不知道如何安慰別人。

難道我要跟林昀晞說她已經做得很好了，能夠考進這麼好的大學已經不容易，有點壓力也很正常，不用覺得是自己有問題？這邏輯性上很合理，但在實務上一點幫助都沒有，就跟我這個人一樣，在學術表現上非常優秀，但在現實生活裡，比路邊的垃圾桶還要沒價值。

我能幫林昀晞什麼？幫她寫報告嗎？還是給她一個A？

如果林昀晞是這種會利用自己的傷痛拿好處的人，那我就不擔心了，真正讓我擔心的，從來都是她悲傷時無所謂的目光。

無所謂，是因為在乎了也無法改變什麼，所以乾脆裝成無所謂的模樣，故作灑脫卻底色悲涼，精準而絕望地認知到自己的困境沒有任何解決的辦法。

雖然我其實也不知道林昀晞的困境是什麼，但我知道她擁有什麼：年紀輕輕、名校學歷、富裕家境、以及絕對排得進中上程度的外貌和濃厚的書卷氣息，從高中時期的狀況來看，也沒有什麼太波折的情感經歷或家庭創傷，這樣一個女生能有什麼問題？

或者該說：能有什麼我解決得了的問題？成績太低嗎？

正是這種時候讓我清晰地意識到，我拯救重要他人的阻礙根本就不是什麼自由主義的道德，而是我在一路競爭也一路領先的成長過程中，從來沒培養出同理和關懷的能力。即使身邊的人都躋身菁英之列（因為沒機會成為菁英的人多半也沒機會出現在我的生活圈裡），我們這些體面光鮮的所謂菁英，充其量也不過就是群被菁英主義綁架的困獸，背負著幾乎不可能達成的期待，因而失去了做為普通人的資格。

從很多種面向來說，從頭到尾一直浸染在學術和競爭裡的過往經歷，完全無法支撐我成為一個具備拯救能力的成年人，甚至我都很懷疑我有沒有成為人的條件。因為我沒有朋友、沒有休閒娛樂、失敗了不哭、贏了也不笑，當然也沒有談過戀愛，生活裡只有學位跟工作，就算想表達點什麼，也必須是「為了促進公共利益和學術研究」。

這樣的我，怎麼可能有辦法拯救林昀晞？

我沒有成為光的潛質。

「林昀晞，對不起，沒能解決你的問題。」我看著身邊的林昀晞，低聲說了這一句。

沒能解決你的問題，甚至在不知情的狀況下讓你獨自走上死路，是身為老師的我，對不起你，沒有擔負起所謂成年人的責任去提早發現你的絕望，並重新讓你看到希望。

「沒關係，像你這樣一帆風順的人本來就不會懂。」林昀晞的這句話讓我震驚到腦袋一片空白。

一帆風順？

荒謬。

真是太荒謬了。

我的人生經歷過很多絕對算不上一帆風順的事情，包括跟混混在酒吧裡幹架、跟警察在社運現場嗆聲，以及在跟警察嗆聲完後，去補習班當英文老師帶小孩練習ABC、並且接送其中一個女生回家，還有我貧窮且艱辛的博士班。

充其量，只能說我很擅長假裝而已，甚至假裝得自己都信了。

「像你這樣的人，很幸福吧？」林昀晞問我，聲音裡夾雜著眼淚。

「如果可以，我也很想幸福。」我強逼著自己笑著，怕不笑就會讓博士班時期那刻骨的疼痛穿越時空，再度刻印進我的身體裡，「我有告訴過你，我也試圖自殺過嗎？」

林昀晞震撼得抬起頭看著我，那眼神真的是震撼到我都覺得她都忘記自己想自殺，「你是不是在騙我？」

我失笑，「我騙你幹什麼？我念博士班的第一個冬天就試圖自殺，只是沒成功。」

「為什麼沒成功？」林昀晞看起來還在驚嚇中。

「刀刺歪了。」我試圖保持輕快的語氣，讓一種諷刺而戲謔的笑意流淌其中，好像只要笑著，就不會痛了，「那天我嗑了很多亂七八糟的藥，當然也喝了很多酒，所以當我拿起菜刀試圖自刎的時候，只能夠做到把那把刀插進我肩膀，而且因為我室友也嗑了很多藥的關係，我兩個小時後才被送進校醫室。」

「最可笑的是：隔天我的指導教授來看我，只問了我一句報告能不能如期交？我說可以後她就走了。」我說，還是拚命地笑著，只是眼眶卻奇異地瀰漫起了水氣，「我沒有怪她，因為她是唯一一個來看我的人。」

林昀晞覺得很不可思議，「那你那個室友呢？」

「他完全沒印象到底發生了什麼事，應該是因為他嗑太多藥，而且太常嗑藥。」

「就這樣？」

「嗯，就這樣，順帶一提，我那嗑藥室友現在在倫敦大學教書。」

「他還在嗑藥嗎？」

「我不知道，但應該還有吧，沒問過，學術工作壓力很大。」

「你沒有再試圖自殺過嗎？」林昀晞又問，她好像已經忘記她為什麼會來這個天臺。

真好，我在心裡這麼想著，這樣就好，「沒有。其實我那次受傷滿嚴重，等到我的手能夠正常活動的時候，博士論文都寫一半了。」

這其實是假的，因為我在那冬天過完以前，其實試圖自殺了好幾次，其中幾次因為受傷的肩膀讓我握不穩刀而失敗，另外還有幾次是打算跳樓前被教授打電話叫進研究室痛罵論文寫不好，罵著罵著，對生活也麻痺了，活下來跟死掉也沒兩樣了。

然後，我就活下來了。

只是，這些悲傷的細節林昀晞沒有必要知道。

因為我已經往前走，長成了成熟的大人，可以在該遺忘的時候遺忘、該堅強的時候堅強、不管笑容已經變多扭曲，只要在乎的人好，那就好。

林昀晞，活下來好嗎？

林昀晞抬起頭看向我，眼裡的水氣慢慢散去，「你剛剛說的那些故事是假的對吧？」

我一愣，「為你覺得是假的？」

「因為如果是真的話，那也太悲傷了。」

「存在主義危機這東西，每個博士畢業生都有，悲傷也很正常。」

「存在主義危機是比較哲學的那種危機嗎？」

「存在主義危機是指一個人必須依賴擁有的東西來確定自身價值，卻忽略了存在本身的意義。」

「所以你那故事是假的吧？」林昀晞問，慧黠的眼睛眨了一下。

我瞬間就懂了，「你希望這故事是假的吧？」

「嗯……」林昀晞沉吟了一下，「算是吧？畢竟你人……嗯……還算不錯？如果真的要經歷那些事情，也太痛苦了。我覺得你不應該是有這麼多痛苦的人。」

我笑了一下，打從心底地笑了起來，「那些故事確實是假的。」

「真的是假的？」林昀晞的語氣聽起來好像不是很意外。

「嗯，是假的。」其實是真的，剛剛我只說了一個謊，除此以外的每個細節，包含那個嗑藥的室友，都千真萬確，就跟林昀晞所認知到的一樣。

那些都是真的，只是從此以後，這個故事對我來說，再也沒有真實的意義。

因為我已經發現了世界上至少有一個人，會為了希望我不要太悲傷，而自願選擇相信那些悲傷都是假的。這樣隱晦曲折的安慰可能對很多心理諮商師或相關專業人士來說不是最好的方式，但已經足以給我這個沒有體驗過關懷與同理的「菁英」一點機會，去相信那些悲傷，從此以後，都不用是真的。

林昀晞視角

我覺得自己爛透了。

當我重新站上那個被我用來自殺的天臺，第一個竄進我腦裡的念頭不是好高好冷風好強，而是：我爛透了。

也許旁人看我聰明清秀、學歷不錯，從管教嚴謹的私立高中畢業後就直接考進南澤大學，但拉近來看，就會發現，我只是天才的墊腳石，站在最靠近天才的位置上，默默觀賞那些我一輩子都達不到的成就。

天才的存在超越規則，超越競爭，進而超越了我們這些凡人最在意的那些成就與排名，而且天才們還會忘了其餘的人很在意，非常在意，在意到被天才的光芒灼瞎了眼也不敢放手，只能占據著最近距離凝視太陽的視野，移不開目光地凝望著永遠也到不了的地方。

偏偏我身邊的人，都是升學主義這殘酷制度下的最大勝利者。

蘇清澤曾經跟我就這個單點，有過一段很經典的對話。

「念書這種事情，很無聊吧？」蘇清澤站在教室外面，手上拿著透明的水壺，別看他外表斯文沉靜，在學校裡其實他每節課幾乎都在睡覺。
「是因為你覺得很難嗎？」我問，蘇清澤的在校成績不差，但也不到校排前十的程度，可能跟他散漫的學習態度有很大相關。
「簡單的事情才會無聊吧？」蘇清澤笑了笑，後來的他學測亂填、在自然組指考前十天花上一個禮拜教我社會組的數學，還是考進了非常好的學校，而跟他同期另外一個念書非常用功、從不上課睡覺或遲到早退，甚至連作業都很少遲交的學長，卻考得比蘇清澤還要糟。
蘇清澤身體力行地讓我明白：在這世界上天分比努力更重要。
天才總是成群結隊地來，而我身邊的天才絕對不只蘇清澤一個。
有出身律師世家、年年都在南澤的法學院裡拿書卷獎的精緻女生、有在指考十科全考且拿下九百〇八分總分的考試機器，當然也有那種一心就想走學術研究，而奮不顧身選擇冷門科系的國家棟樑，和早在我還在大學裡苦苦掙扎的時候，就已經入讀芝加哥大學博士班的超級天才。
但我只是個普通人，奉行「如果這地方的人沒有全都比我聰明那就別去」這種荒謬法則的普通人，接受索價高昂的私校教育卻仍然沒能成為天才的失敗品。
我不夠聰明、不夠努力，當然也嚴重欠缺那些能夠攀上頂峰的膽識和勤奮。很多時候，我差一步就能成為大家希望我成為的人、獲得大家都覺得我應該要想要的成就，但我卻只是袖手旁觀，眼睜睜看著那些很美好、很偉大的東西從我指縫間溜走，而當我發現失去的時候，甚至都想不到要哭，只是覺得很無力。

我始終無法說服自己，去努力成為一個偉大的人，所以不斷拖延奮進的步伐，最終被拖磨成一個平凡得不能再更平凡的普通人，冷眼旁觀地放任自己把人生搞成如今這副德行。

沒有夢想、沒有理想、也沒有追名逐利的強烈渴望，就只是念一個不怎麼樣的科系，準備找一份也不怎麼樣的工作、領一份比平均再低一些的薪水。絕望地看著臺北房價瘋漲成一輩子都存不起的金額，想打開網路論壇取暖的時候還會發現每個人都年薪百萬、三十歲就買房買車，每個人都是人生勝利組，只有我需要不斷想一些蒼白空洞、卻又聽上去非常自信且華麗的字詞，來解釋我的一事無成。

在我大學的入學典禮上，有個穿著Abercrombie & Fitch帽T的男生舉手問校長，「南澤大學的英文名字是什麼？」

校長一愣，「就直接音譯啊。」

那男生眉頭緊鎖，態度彷彿他一秒鐘幾十萬上下，「但講這種中文音譯我那些紐約的朋友聽不懂啊，沒有什麼好懂一點的翻譯嗎？」

他還特別咬重了「紐約」兩個字，並且加了一點自創的美式英文口音。

校長笑了起來，「南澤大學這四個字代表什麼還需要解釋嗎？」

當時的我被校長那傲氣給震驚到了，但後來就懂了。

天才的世界裡，沒有什麼好解釋的。

我後來念的政治系裡，每個人好像都念過牛津、劍橋、索邦、以及其他美國名校例如哈佛、耶魯、或芝加哥大學，沒有任何第二志願的學校，當然也都不需要解釋。

商學院更是了，每個人不是數學天才就是商業鬼才，沒念過ＭＩＴ或進過麥肯錫都不好意思出來當老師。

我真的不懂，從大學時期開始就給學生看這種一輩子都無法企及的東西，是在鼓勵還是在打擊？還是我看著看著說不定哪天就進了哈佛？

趴在天臺欄杆上往下望，底下的灰色地磚平坦潔淨，旁邊是修剪細緻的綠茵草叢，一磚一瓦、一草一木都是精雕細琢過後的結果，很符合我對這學院裡掌權者的想像。

在社科院裡位高權重的是劉叡，他克己復禮、情感非常內斂，曾經被學生惡搞而收到一份全部空白的報告，他只是面無表情地在課堂上點名那學生，淡淡地說了一句：「你出去吧，我沒有這樣的學生。」

從頭到尾都很冷靜、很克制、沒有大吼大叫也沒有任何失控言論，主打的就是一個優雅，和吳司年一個樣，聽說劉叡跟吳司年是大學同學，難怪兩人一個樣。

只是吳司年更矜貴、更淡漠，對學術沒有那種奮不顧身的理想和熱情、對權利也沒有一丁點追求的渴望，起碼劉叡還有跟他那個天才女助理的緋聞可以拿來當茶餘飯後的話題，可吳司年什麼都沒有，沒有感情，沒有生活，工作上也只求按部就班不求鶴立雞群，也許有喜歡的東西，但都沒有喜歡到用力去追求，是社科院裡默默無聲的影。

我以後會變成那樣的大人嗎？

天臺因為高，風很大，我只穿著一件單薄的襯衫，顏色跟華陽高校的制服一樣，我覺得不論過去多久，我都沒有從那所學校裡面走出來。

我從來沒有念過除了華陽以外的任何學校，從幼兒園開始，我就在華陽念書。

那是一所管得很緊的私立學校，超修、體罰、言詞羞辱樣樣來，為了榜單好看不擇手段，也沒人管，反正家長就算不望子女成龍鳳，也是默許了這些潛規則，才會選擇把小孩送進華陽。一個小學英文就教得比高中難、國中就名正言順開始教高中課程的學校，一個會把所有人的成績清清楚楚公布在班級公布欄上的學校，而裡面的學生，是真的會在布告欄前，仔仔細細地研究所有人的成績。

更可怕的是，沒有人覺得那有什麼問題。

華陽最大的目標，不是讓學生成為一個活生生、有血有肉的人，而是成為各行各業裡的吳司年，聰明、克制、最底限的教養和道德、並且在專業領域裡牢牢占據優勢地位，人生路途就是從完美的考試機器變成完美的金幣收集器。

我真的想成為那種大人嗎？

功成名就、收入優渥，印刷精美的名片上印著漂亮的職稱、穿著精緻優雅的套裝侃侃而談，穿梭在信義區或是其他更大、更貴、更高檔的大城市裡。精心打扮過的面容沉穩自信，在每個必要時刻都進退有度、彬彬有禮，渾身上下都是精英氣息，然後在這種生活環境浸染久了，就能真心實意地相信自己確實是個菁英。

我真的能夠成為那種大人嗎？

細細評估了一下自己的條件，我發現我不行，完全不行，連最底標都勾不到。

我沒有優秀的學經歷給我當跳板，也沒有那種追逐事業的強烈渴望，對於精品大牌沒興趣也不嚮往，只想踩在地面上，平庸而不費力地生活著。

夜很黑，風很強，我一直在想，繼續活著，好嗎？

過去的二十年裡，活著的我，達成了什麼嗎？

我進了華陽，然後考進南澤，就這樣而已。完全沒有像周邊的人那樣達成什麼了不起的成就，沒有商業競賽、沒有投過期刊、也沒有去什麼國際知名大企業實習，就只是一個比普通更普通的人，念一個聽起來就毫無前途的系，過一個沒有任何亮點的人生，讓所有人都失望。

我抱緊自己，縮在天臺冰冷的地板上，覺得自己爛透了。

然後我的眼睛裡，開始下雨。

在我看不到的視野裡，有些騷動。

急促的腳步聲、紊亂的呼吸、皮鞋撞擊地面、肉體撞破窄門，這些聲音都很清晰。

我沒有回頭。

因為來者用一句話告訴了我他是誰，再用一句話告訴我他的來意。

「林昀晞，我是吳司年。」

「我在這裡。」

我並沒有預料到吳司年也能有這樣安撫人心的能力，單單靠著兩句話就讓我心定了一些，我伸出手，抓著他的衣角，是很昂貴的面料手感，應該又是Armani吧。

吳司年沒有說話，我很驚訝他竟然沒有說話。

我還在哭，而吳司年還是不說話，沒有指責但也沒有安慰，他只是在我旁邊坐下來，把他的西裝背心遞給我，非常突兀地說了一句，「要哭的話墊著哭吧，別弄髒了自己的衣服。」

我不知道那是什麼意思，有那麼幾秒鐘，我甚至不知道我該不該繼續哭。

然後，吳司年又說了句，「這東西是買西裝的時候送的，很不好穿。」

我就接下來，拿那背心墊著繼續哭，也不知道是為了自己哭，還是為了我那砸下大筆銀子、一心想培養出一個偉大的人，卻只培養出一個失敗品的媽媽而哭。

對不起啊，這個世界，沒有如你們所期望的，先成為一個考試機器再成為一個金幣收集器。

「林昀晞，對不起，沒能解決你的問題。」吳司年忽然這麼說。

解決什麼呢？我在心裡一陣冷笑，像我這樣的普通人，吳司年怎麼可能懂，他的人生又沒有遇過什麼問題，「像你這樣一帆風順的人本來就不會懂。」

吳司年沉默了許久，然後跟我講起了他在唸博士班時試圖自殺的事。

我震驚得都忘了哭，只是望著他那張彷彿一輩子沒挫折過的矜貴面容和那體面疏離的氣質，澈底說不出話。

從某種程度上來說，吳司年的完美履歷讓他就像無瑕的瓷器，但他剛剛說出口的那些事情，卻是拿著手電筒讓我清晰看到那瓷器上暗藏的深邃裂痕，以及從那縫裡所透出的破碎和痛苦。最悲哀的是，明明說的是苦難，他仍然選擇逼自己笑著說。

吳司年，不要再逼自己了。

夠了，真的夠了，在你苛刻對人的時候，其實也正在以更嚴厲的方式審判你自己。

我腦子裡忽然閃過在上一個時空裡初見吳司年的模樣，那時候的他肉眼可見的貧窮，就是那樣的貧窮，讓他在面對那幾個囂張男生時的自卑怯懦、甚至連蘇清澤那明裡暗裡的嘲諷都自願吞忍，但在自尊心破碎一地的時候，他還是選擇了在那幾個男生向我走來時擋在我身前，甚至不惜當街動手，然後花盡當時手上的所有錢去買一件襯衫，只為了站在我身邊的時候可以看起來體面。

他一直捍衛著的體面、他身上永遠穿著的西裝、以及他每次開口前都要精雕細琢的用字，會不會那代表的不是菁英的傲慢或是布爾喬亞式的裝腔作勢，而只是他怕了，怕再被看不起，更害怕會連累得其他人也因為他而被看不起。

他是不是，只是用他的方式，在守護他身邊的人？

等等，他身邊有人嗎？

「你沒有再試圖自殺過嗎？」我問吳司年，因為我完全不覺得他身邊的社會支持網能強勁到接得住那時的他。

吳司年不是一個衝動的人，即使在課堂上態度挺機車，但反映出的並不是他脾氣陰晴不定或很暴躁什麼的，而是他骨子裡的那種漫不經心，造成了他對人嚴重缺乏耐心和同情。他不調分、改報告時也很嚴厲，但他的學術實力又不容質疑，大家也只能私底下抱怨，而且吳司年基本也不跟學生有什麼私交，總是冷冷淡淡的，跟其他教授好像也都不太熟，就連跟劉叡也不常聊天。

「沒有。其實我那次受傷滿嚴重，等到我的手能夠正常活動的時候，博士論文都寫一半了。」吳司年淡淡地說，但我能從他的眼神裡看出他在說謊。

我不是很敏銳的人，所以吳司年能夠被我一眼看穿，就代表他的說謊技巧遠遠跟不上他的研究能力，真意外啊，吳司年這樣的男人竟然會不擅長說謊。

還是其實我只是被他騙了而不自知？

「所以你那故事是假的吧？」我問吳司年，內心在賭他會不會跟我說實話。

吳司年沒有誠實，他只是像對暗號一樣，問了一句，「你希望這故事是假的吧？」

那瞬間，我就知道吳司年知道我在想什麼，並且他決定把這最終詮釋權讓渡給我，我希望是假的就是假的，我希望是真的就是真的，他都可以配合。

真奇怪，他有這麼隨和嗎？

不過吳司年還在等待我的答案，所以我想了一下，只能勉強給我出一個模稜兩可地回答，「算是吧？畢竟你人……嗯……還算不錯？如果真的要經歷那些事情，也太痛苦了。我覺得你不應該是有這麼多痛苦的人。」

吳司年笑了一下，他懂了，「那些故事確實是假的。」

「真的是假的？」我很配合地問了這句，我們兩個人的眼神短暫交會了幾秒，吳司年那總是看起來淡漠疏離到有些陰鬱的眼神，這次罕見地有了點陽光的暖意。

「嗯，是假的。」吳司年揚起笑，我從來沒有看吳司年那麼笑過，那笑容怎麼說呢？是很少在成年人的世界裡見到的，願意再次相信這世界裡存在善意的那種笑容，好像暴雨過後，把所有陰暗給洗乾淨後的那種清澈笑容。

其實，吳司年笑起來好像比較好看？

「走吧。」吳司年伸手把我從地板上拉起來。

吳司年外表看來斯文，但其實臂膀意外地非常有力，我幾乎是被他從地板上拔起來的，「去哪？」

吳司年看起來也還沒想好，但還是堅持著，「至少找點東西吃吧。」

「現在都幾點了，哪還有店有開啊？」雖然這麼說，我還是跟在他後面，離開了天臺。

吳司年拉開那扇好像被他撞壞的窄門，紳士地讓我先走，而他的聲音在身後沉穩得像被自動加上了回音效果，「林昀晞，活下來好不好？」

「啊？」我錯愕得回頭望著吳司年，驚訝得差點在階梯上踩空，吳司年眼明手快地扶住了我，也不知道為什麼，他抓我抓得非常緊。

「就是字面上的意思，你不要再去死了好不好？」吳司年垂眸望著我，濃郁的眼睫毛蓋下，更顯現出他那雙黑眸的深不見底。

我愣了一下，現在時間這麼晚、階梯這麼窄、還在一個這麼偏僻的地方，「如果我拒絕的話，你打算直接殺了我嗎？」

這次換吳司年一愣，挫敗的神情在他臉上一點一點地加深，像天空從蔚藍到墨黑的緩慢推移，他眼神裡的光，緩緩黯淡了下來，「原來我在你眼裡，是個會親手殺死自己學生的人嗎？」

「我不是這個意思……」我剛剛話好像說得太重了，吳司年好像是真的很傷心，我從來沒有想過吳司年這種淡漠疏離的性子會因為這種事情傷心，但不管怎麼樣，我得想辦法挽回一下。

就在我猶疑著該講什麼話才能救場的時候，我發現吳司年沒有穿鞋子，「你鞋子呢？」

吳司年神情複雜地看了我一眼，冷淡地說了句，「來找你的時候，跑掉了。」

「啊？」不好意思，我沒聽懂。

「皮鞋不好跑，所以我脫掉了。」

「你為什麼要跑？」

吳司年陰冷地看著我，咬緊牙關，隱忍著他即將爆發的情緒，努力維持著他拚死捍衛的體面，聲音比冰山更寒，「為什麼？你要不要自己想想是為什麼？」

我想了幾秒，怯生生地問，「為了來找我？」

吳司年居高臨下地瞟了我一眼，而且因為他站在比我更高一階的階梯上，他看起來又更高了，如同一張巨大的墨色陰影，陰沉沉地籠罩在我上方。

氣氛一下子變得很冷。

吳司年走下階梯，按了電梯，直到電梯門開前都一語不發，雖然在電梯門開那一刻，他也只是說了句，「進去。」

我看著渾身散發低氣壓的吳司年，再加上我理虧在先，根本不敢回嘴，只好乖乖進電梯，沒想到吳司年只是把手伸進電梯裡，按了下關門鍵後就瀟灑地走了，空留我一個莫名其妙的背影。

電梯門再次打開的時候，我又看到了吳司年。

這次吳司年不只穿上了看上去就非常貴的皮鞋，剪裁精湛的西裝貼合他挺拔的體格，黑色領帶整齊打在領口，脖頸處還打著一條毛料細緻的圍巾，整個人看起來又矜貴又斯文，墨夜在他身後無限延展開來，暈黃的路燈流淌在他立體的五官，只有眼神冷得像冰。

吳司年就用那種凌厲的眼神筆直凝望著我，定睛一看，他似乎還在喘。

他又是跑著過來的嗎？

「吳教授。」我走上前，客氣地打了聲招呼，把剛剛他披在我肩上的外套還給他。

吳司年冷笑著接過外套，「這時候就知道叫我教授了？」

這明晃晃的嘲諷，我實在有點接不住，只好換了個話題，「教授是身體不舒服嗎？怎麼好像有點喘？」

吳司年斜瞪了我一眼，神情更加冷峻，「因為我要來見你。」

「什麼意思？」到底是今天吳司年異化還是我腦子真的有洞，怎麼今天吳司年講的話我都聽不懂？

吳司年撇過臉去，根本不想看我，說出的話卻他的態度全然相反，「因為是要來見你，所以就不自覺地跑了起來。」

我愣了一下，花了點時間才理解吳司年這句話是什麼意思，果然是在英國唸書的人啊，表達情感的時候也是這麼迂迴曲折。

「吳教授。」我以輕快的語氣喚了下吳司年。

「有什麼事嗎？」吳司年雖然看起來不情願，還是回過頭來。

「我請你喝酒啊。」我揚起在我力所能及裡面最青春亮麗的笑容。

吳司年不屑地撇了撇嘴角，「你是想灌醉我，還是想灌醉你自己？」

我笑了笑，「可能就實質意義上來說比較像是灌醉自己吧？畢竟我以前可是從來不使用任何成癮性物質的，但我覺得這樣可能不太健康。」

吳司年愣了一下，就是那一愣，澈底粉碎了他那偽裝出來的冷漠，「為什麼不健康？」

看吧，這就是吳司年。

學生就是他的軟肋，再怎麼隱忍克制，吳司年都沒辦法掩飾他對學生的在乎，真是的，明明就是連導生聚都不想去的一個教授啊，雖然好像也真的沒看過吳司年對學生有過什麼不動聲色的溫柔就是了。

吳司年是個溫柔的人嗎？

我在心裡問了自己這個問題，很快就得到了否定的答案。

吳司年不是一個溫柔的人，他很聰明，也很冷漠，冷漠到對自己和他人的傷痛都抱持著冷眼旁觀的態度，但也是這樣的一個人，不斷努力地希望我能願意繼續活下去。

也許看著我站上天臺的吳司年，在我的身上，看見了他自己的影子，看見了在念博士班時、那個反覆站上天臺想著一了百了的自己，只是在那些夜晚過後，吳司年都選擇了走下天臺，繼續念書、畢業，來到南澤任教，然後活成我如今看到的這副模樣：不溫柔，甚至可以說是不善良，心裡最柔軟的那一塊像是已經死掉了一樣。

吳司年希望我能跟他當年一樣，在艱難的時刻還是選擇繼續活著，但他同時也希望我能夠活得跟他不一樣，越不一樣越好。

他不喜歡自己，非常、非常不喜歡自己，他苛刻對人也嚴厲待己。

真巧，我也不喜歡自己，擅長自我厭棄，但我可以為了吳司年活下去。

我希望他能夠相信：當年的他和現在的他能夠活下去是有意義的，而我願意成為那個意義。

「我想活下去。」我筆直看著吳司年那深邃如墨的眼眸。

「所以？」吳司年。

「像我現在這樣不菸、不酒、不賭、不跑趴，也幾乎沒什麼物慾的人來說，真的很悲傷的時候其實沒什麼發洩管道，這麼一想，好像培養點不良嗜好比較健康？」

吳司年非常嫌棄地看了我一眼，「所以你就打算讓自己酗酒？」

我也不藏著瞞著了，直接問了吳司年一個態度上的問題，「教授希望我酗酒地活著，還是清醒地去死？」

吳司年沉默了兩秒，然後問我，「你有想去哪家酒吧嗎？我會出錢。」

我隨便選了一家酒吧，離南澤大學步行大約二十分鐘，雖然不算遠，但那方向已經脫離南澤大學的學生平常吃喝玩樂的範圍了，但我沒有細想其中原因，只想離南澤的人越遠越好。

吳司年看到我選的地點的時候皺了下眉，但也只問了一句，「你要走過去嗎？還是搭車？」

「走過去就好了吧？又不遠。」我研究著手機地圖。

「我知道怎麼走。」吳司年說，表情裡卻帶一絲凝重。

「你去過那酒吧？」很難想像吳司年會在那種地方喝酒啊。

「我以前念大學的時候在那裡被人打過。」吳司年的語氣很平淡。

我則是連下巴都快掉下來，「然後你現在打算再去一次!?」

「你想去就帶你去啊。」吳司年瞄了我一眼，沒有太多猶豫地就開始帶路，我也只能跟上。

酒吧裡煙霧繚繞，我剛進去就被那煙味嗆得七葷八素，靠在酒吧前改管過的機車上狂咳，依稀想起這附近好像有一所風評很差的高職。

吳司年掛著一抹戲謔的微笑袖手旁觀，「這麼快就不行了?那你還是別酗酒的好。」

我抬起頭，狠狠瞪了吳司年一眼，二話不說就推開門。走進酒吧最裡面的位置坐了下來，吳司年則帶著認命的微笑跟在我身後，他似乎很習慣這濃到能讓人原地確診肺癌的煙味。

點好酒後，我看著吳司年，吳司年看著我，相對無言。

其實我跟吳司年也沒太多好聊的，而且我怕我又一個失言把吳司年惹毛，無聊之餘我把注意力放到了酒吧中央的桌球桌。

「你要教我打撞球嗎？」我搖著我的Mojito，這是我第一次點有酒精的版本。

「我覺得這不是很得體。」吳司年晃著他手上的威士忌，用一種非常優雅的語調說。

我看著他，不是很理解這是什麼意思，「所以跟女學生大晚上的在酒吧裡一起喝酒，比較得體嗎？」

吳司年搖晃著手中琥珀色的威士忌，還是笑，「首先，是你先問我要不要一起喝酒的；其次，我跟你喝酒就真的只是喝酒，有什麼好不得體的？」

我指著酒吧裡的撞球桌，「那教我打個撞球有什麼好不得體的？」

吳司年沉默了幾秒，我可以感受到他非常努力的斟酌遣詞用字，「教你打撞球會有一些比較近的身體接觸。」

「你是怕我告你嗎？」我一針見血。

吳司年滿臉不屑，「我是有教養的人。」

我聳聳肩，站起身走到撞球檯前面，那裡周圍都是穿著印滿超大精品Logo的超醜帽T但還是自以為很高端的小混混，他們正拿著制服襯衫抹掉抖落在撞球桌上的煙灰。

其中一個看起來跟公猴基因體最靠近的瀏海男靠過來，「妹妹一個人來哦？哥哥教你打撞球好不好？」

他那野狗般的智商跟油膩的笑容讓我胃酸一陣上湧，就在我快要吐出來的時候，吳司年那又賤又帶點儒雅矜貴的聲音直接成為二戰時期被發明的德國胃藥。

極度有效，但不要知道太多比較好。

「你們找我學生有什麼事嗎？」跟那群小混混一比，吳司年看上去真是知書達禮。

瀏海男大笑出聲，「大叔，你都幾歲了還想把嫩妹啊？確定身體挺得住？」

「謝謝關心，我身體很好。」吳司年非常斯文地把襯衫捲到手肘以上，然後用更斯文的語氣問那群小混混，「會打撞球嗎？」

瀏海男甩著他的超厚瀏海，「來啊，我還怕你這老不死的啊？」

吳司年皮笑肉不笑，「打一局？我們這次不玩規則，球打進去就算贏。」

瀏海男繼續甩著瀏海，「老子有什麼不行的，就看你行不行。」

吳司年並沒有被激怒，只是自己挑了支桿，「after you。」

這是我認識吳司年以來，他用過最簡單的英文單字。

很可惜，瀏海男沒聽懂。

吳司年只好直接叫他開球，整群公猴開始鬼吼鬼叫，好像看到樂團主唱在臺上呼麻。

比起討厭世界，我更討厭這群人體猴子。

吳司年倒是展現出了預料之外的好脾氣，微笑看著瀏海男開球，並狗屎運地賽進兩顆球，「有打進就繼續打啊，不用太客氣。」

瀏海男大叫了某個ＮＢＡ球星的名字，模樣像在選舉造勢晚會上宣布自己剛剛贏得獨立戰爭。

會不會、其實吳司年真的是個不錯的人？

瀏海男的實力開始正常發揮，球雖然有打中，但剛好卡在了洞邊。

吳司年微笑，換他上場了。

在換了三個位置、試了七種角度，只差沒拿出紙筆開始演算力學（雖然我覺得他很想），吳司年屏氣凝神，撞出了一桿。

那一桿確實巧妙，白球打中了八號球、八號球把洞邊的球給推下去以外也順便落袋。

「二比二，我們平手了。」吳司年乾淨微笑，笑得讓人背脊發涼。

劉海男開始大喊制度不公，他的小跟班們瘋狂附和，智商加總起來約等於一隻水母。

吳司年不為所動，繼續專心打撞球。

用絕對的專注力跟神乎其技的精準率連續打進五顆球後，吳司年終於失誤，再度輪到劉海男。

吳司年還是笑，「這樣吧，我讓你五球怎麼樣？只要打到五比十，我就算你贏。」

劉海男惱羞成怒，「笑死，剛剛是我讓你的，接下來我才要展現真正的技術。」

「那我看你表演。」吳司年嘲諷得恰到好處。

劉海男當然什麼鬼都沒打中。

「繼續打吧，打到進球再換我。」吳司年端著酒，但劉海男的球技實在是稀巴爛，過了十幾分鐘都沒打進一球。坐我旁邊的吳司年都已經無聊到開始默背馬克思的《資本論》，還是德文版，說實話，如果事先不知道吳司年是什麼背景，我會覺得他急需一些專業的心理治療。

劉海男徹底被吳司年慵懶的態度和講德文的口音給激怒，所以憤怒地飆了幾句三字經跟吳司年進行語言交流，交流完後用了十分鐘才以他亂七八糟的球技再進一球。

吳司年悠悠抬頭，「你要不再打一球？」

劉海男罵了一整串的英文髒話。

吳司年異常冷靜，「你的文法不是很標準啊。」

我都要看呆了。

總而言之，劉海男又再打進了一球，而吳司年信手拈來，就把剩下的球全部打完了。

「四比十一，差一點啊。」吳司年拿著球桿，笑著睜眼說瞎話。

有那麼幾秒，我覺得那群小混混都要拿出開山刀了。

但他們沒有，仔細一想也合理，看他們一個個的都穿著超窄管褲又瘦得跟紙一樣，要真打起來，吳司年還不一定會輸。

「還有，我的學生我自己會教，不勞你費心。」吳司年把西裝重新穿好，甚至還把本來一直隨便拎著的西裝外套給工整穿上了，妥妥的一個斯文菁英。

然後他拎起我的衣領，直接把我扔出了酒吧，「以後有問題問我，聽到沒？」

「你現在知道這區有多危險了嗎？」吳司年手插在口袋裡，斜斜地看了我一眼，晚風很涼，他把自己的圍巾解下來，甩在我臉上。

一想到自己剛剛差點惹出的麻煩，我就根本不敢和吳司年的視線相交，「知道。」

「以後不要來這區。」吳司年還是保持著手插口袋裡的姿態，但不時警戒地往後看，雖然剛剛吳司年贏了撞球，但那比分的懸殊落差，多少還是挺傷那小混混的自尊心。

那脆弱的男性自尊一旦被傷害，什麼失控的事情都幹得出來。

「如果你來了，」吳司年的語氣與其說有多狠，不如說潛藏在那冷靜底下的波濤洶湧更驚悚，像暴風雨前的寧靜，讓我背脊發冷。

我不敢接話，吳司年肯定是要對我一番指教，而且他這種念過各種經典的文科博士，就算罵人不帶髒字，也可以把我當場羞辱得連哭都不敢哭。

結果吳司年只是說了這麼一句，「如果你來了，我還要救你很麻煩。」

「啊？」我表情歪掉，「你會救我？」

吳司年那語氣裡的陰冷一點一滴滲進他那墨黑的眼眸，但他卻又同時揚起了笑，「當然救你啊，不然你死掉怎麼辦？」

這我要怎麼回答，「呃……就死掉？」

「但如果你死掉了，這世界不就太無趣了嗎？」吳司年掛著令我不寒而慄的笑，把玩著一個調酒用的長柄湯匙。那湯匙本來是拿來攪拌我的調酒。

「是這樣嗎？」雖然我更在意的其實是另一個問題，「那湯匙是？」

「我從酒吧裡拿的。」吳司年倒是非常坦誠，「你點的那杯Mojito上來的時候不是附了一個湯匙嗎？就是這個湯匙。」

「為什麼要拿湯匙？」我徹底傻眼，吳司年是因為剛剛受了太大刺激，瘋了嗎？

「這不是是你第一次來酒吧嗎？」

「確實是，但這兩件事情有什麼邏輯性上的關聯嗎？」

「既然是你第一次來酒吧，我紀念一下也很合理。」

一點都不合理，「紀念的點是？而且要紀念也應該是我紀念吧？」

「你第一次去酒吧是跟我一起去，我不能紀念一下嗎？」吳司年理直氣壯。

算了，我放棄了，拿吧，去吧，就因為偷了一支湯匙而等著被告竊盜罪吧。

「我可以再問你另一個問題嗎？」我跟吳司年已經快走到南澤大學，酒吧的喧嘩被遠遠甩在身後。

「問啊。」吳司年把那長柄湯匙收進他西裝外套的內袋裡。

「你剛剛在打撞球的時候，都沒想過如果出事了怎麼辦嗎？」

「出事？」吳司年揚起笑，「你覺得我會輸嗎？」

雖然我要問的不是這個，不過，「你覺得你一定會贏？」

吳司年不假思索，「當然。」

「是因為你技巧很強嗎？」

吳司年愣了半秒，有點輕蔑地撇了撇嘴角，「當然不是。」

「那是因為什麼？」總不可能是因為運氣很好吧？

「因為我是一個非常專注的人。」吳司年的回答很簡潔。

「多專注？」我竟然還問下去了。

吳司年深邃的眼睛筆直地凝望著我，他其實有一雙很漂亮的眼睛，「專注到十幾歲喜歡的東西會喜歡十幾年。」

第六章

吳司年視角

刺眼的白。

這是我盯著慘白的天花板時，唯一的想法，而且這裡到處都是白色。白色的牆、白色的床、白色的窗框，就連我身上的病人服都是白色的，所以我天殺的是怎麼把自己搞進醫院裡？

「哦？你竟然醒了？」戲謔的女聲。

我有些費力地轉向聲音的源頭，是李若水，當然還有她手上那顯眼的香奈兒包，以及跟香奈兒一對比更明顯的白色塑膠袋。

李若水慢條斯理地拆著塑膠袋上打的結，語氣不屑但優雅，「你要看書嗎？」

「什麼書？」我問，同時感受一下身體的狀況，很好，至少沒癱，腦子也沒壞，真是千幸萬幸，看來我還是跟大學時期一樣命大。

「心理學的書。」李若水把塑膠袋暫時放在一邊，我看到袋子裡面鮮紅如血的麻辣燙，「之前你來我研究室的時候，我不是說要找一本書給你嗎？就是這本書。」

李若水從她那索價高昂的名牌包包裡面掏出一本書緣泛黃的原文書，書上用漂亮的草寫體寫著

Time Travel in the Fluid River of Human Memory，「看得懂英文嗎？」

我接過書，「我是劍橋畢業的。」

「難怪我在哈佛沒看過你。」

這本書不是很厚，而且劍橋養出了我在無論什麼狀況下都能看書的專注力。

「記憶其實就是一種對於經驗與感受的再詮釋，這是你想告訴我的事情嗎？」我放下書，問正在吃麻辣燙的李若水，她在病房裡吃重口味食物那旁若無人的姿態實在是毫無道德可言。雖然她旁邊確實也沒人，我住的明顯是單人病房。

「哦，那倒不是。你看不懂英文嗎？」李若水放下手上的竹籤，交疊起雙腿，擺出一副春風化雨的姿態，「我給你這本書是想告訴你：記憶本就是混亂且不可靠的，如果你因為時空跳躍而記憶錯亂也不用太緊張。」

「記憶錯亂？」我試圖回憶了一下自己過去幾個月的狀況，那些記憶確實非常混亂、非常碎片化，記憶的片段之間幾乎沒有太多邏輯性上的關聯，只有幾個畫面特別清晰。

都是關於林昀晞的畫面。

在大雨中林昀晞把傘遞給我的畫面，林昀晞在大街上為了我跟別人吵架的畫面、林昀晞站在夜晚的天臺上，像是整個人都碎掉的畫面，以及她笑起來的樣子，我喜歡她笑起來的樣子。

我其實不在乎記憶是否錯亂，又不是在寫論文，每個段落都要承上啟下、邏輯清晰。在我自己的記憶裡，我可以不在乎向來賴以為生的理性邏輯與嚴謹論述，只要能記得我在乎的人、記得那些片刻的幸福，記得我曾經被認真在乎過、也認真在乎過別人。

「你沉默了很久，是因為記憶很混亂嗎？」李若水出聲打斷我的思緒，但語氣裡沒有太多關心，更多的反而是戲謔。

「倒也不是。」我話音剛落，才想起一個非常重要的問題，「林昀晞呢？」

林昀晞活下來了嗎？她還好嗎？她現在怎麼樣了？

李若水撇撇嘴角，笑得很嘲諷，「真純情啊，還先關心你學生。確定不先關心一下自己嗎？」

「我有什麼問題嗎？」除了身體沒什麼力氣又全身痠痛以外，我覺得自己很好。

「問題就是你在會議室裡暈倒，讓劉叡當場就叫了救護車。」李若水繼續吃著麻辣燙，語氣比新聞主播還淡漠。

這聽起來也不是什麼大問題，「沒死就好。」

「你不只沒死，醫生還說你只要住院靜養個一兩週就能出院。」

「醫生沒交代病人在靜養的時候不能在他旁邊吃麻辣燙嗎？」

「沒有欸，你要吃麻辣燙嗎？」

「不要。」

「哦。」李若水把最後一塊鴨血用竹籤插起來吃掉了。

我到底是倒了什麼霉運才攤上這麼一個大學同學兼現任同事？

不對，李若水還沒回答一個很重要的問題。

「林昀晞人呢？」她活著嗎？一切都沒事了吧？透過時空穿越，我成功拯救她了吧？

李若水用竹籤玩著麻辣燙剩下來的湯汁，很平淡地說，「她在趕學士論文。」

「啊？」我大腦一時間轉不過來。

「她不是快畢業了嗎？所以現在正努力趕著她的學士論文。」

「快畢業？」我不解，按理來說，林昀晞跳樓的時候是冬天，再怎麼算都離夏天的畢業季有一段距離。

「對啊。」李若水放下麻辣燙，把手機螢幕轉向我，「現在五月中，都快五月底了。」

我看著手機螢幕上秀出來的數字，無法否認事實卻也無法接受現況，「為什麼……？」

「時間是要用時間來換的。」李若水用非常不認真的語氣丟了這一句話給我。

「什麼意思？」我問，順便制止試圖把麻辣燙的殘骸丟進垃圾桶的李若水，那東西味道這麼重，真留在我病房裡那還不得餘味繞樑個不知道多少天。

「你們不是穿越了幾次嗎？這些時間都是要算的，而且已經過去的時間比較貴，要用更多時間來換，懂嗎？」李若水正低頭綁著麻辣燙的塑膠袋，然後完全不顧我的阻攔，直接把那包垃圾丟進病房角落的垃圾桶。

我看著性格差勁的李若水，想到一個非常大的疑點，「你怎麼知道林昀晞也穿越的？」

李若水倏地抬起頭看向我，眼神中混雜著驚駭、錯愕、和事跡敗露必須趕忙找個藉口的慌亂，「這件事情你不是跟我說過嗎？」

「我跟你說的時候連林昀晞穿越了都不知道。」我直接點破。

李若水戰術性逃避話題，「那我就不知道了。」

「你怎麼會不知道呢？」我優雅微笑，「這時空跳躍不就是你一手策畫的呢？」

「你怎麼知道？」李若水反問，但她的眼神讓我知道我猜對了。

「你跟我說的啊。」我依然保持微笑，「你之前不是說過『我會讓你回到過去，重新選擇不會殺掉自己的那種方法』嗎？」

李若水試圖撇清，「那不都是大學的事了嗎？」

「連那發生在大學你都還記得，看來你心裡很清楚啊。」

李若水深呼吸了一口氣，然後跟我說，「我出去漱個口。」

看在她還把我病房的垃圾拿出去倒的份上，我就也沒太計較，反正林昀晞活下來了就好，其他都不重要。

我並沒有想到李若水當真只是去洗手間打理一下而已，她竟然還回到我的病房裡，講起了一些我從來沒機會知道的事情。

「林昀晞過世後，你瘋了。」李若水的眼神幽深。

我打斷她的抒情，「你確定有這件事情嗎？我怎麼沒印象？」

李若水瞪了我一眼，「就是你不知道我才講給你聽啊！不然我幹嘛浪費時間？」

真有道理，「你繼續。」

李若水繼續講了下去，「林昀晞過世的時候你沒什麼反應，參加葬禮的時候也沒哭，但在林昀晞葬禮後的一個多月，你在開教務會議的時候崩潰了。」

「都過一個多月了，我崩潰什麼？」我提出了關鍵的問題。

「不知道，可能是情緒壓得太深、或是劉叡逼你修改報告，那份關於林昀晞自殺的報告，」李若水聳聳肩，但她的臉上卻有壓不下去的深刻愧疚，「反正你把報告改成了劉叡想要的樣子，然後走上林昀晞跳樓的那個天臺，也自殺了。」

我震驚到除了否認事實別無他法，我的大腦拒絕消化這麼爆炸性的資訊，「自殺？我？你在開什麼玩笑？這很好笑嗎？」

「我沒有在開玩笑。」李若水撇過頭去，沒有看我。

「你在跳樓前就已經把房子清空，所有東西都丟掉，還跟劉叡提了辭呈，連交接事項都寫在Google doc共享給其他同事，做完這一切後，你選了學生考完期末考回家過年，學校人最少的時候，跳樓自殺了。」

「你甚至在自殺前提前叫好了救護車，確保你的自殺現場會最快速的被處理好。」
「聽到你過世的消息，我跟劉叡都很震驚，直到我們發現了你最原本的報告。」
「我在報告上面寫了什麼？」聽了李若水講了這麼久根本不存在於我腦海裡的記憶，我終於提出了問題。
李若水還是沒有看我，只是苦笑著說，「你在報告上面寫說：如果一個老師連自己的學生都沒辦法保護好，活著幹什麼？」
雖然沒有記憶，但，「確實很像我會說的話。」
「啊!?」李若水看起來非常驚訝，「你會在乎其他人嗎？」
這回換我苦笑了，「我很在乎我的學生，只是不擅長表現這點而已。」
李若水慢慢冷靜了下來，恢復到她平時的智商，一針見血的問，「你口中的學生，指的其實就只有林昀晞一個人吧？」
「你要這麼說也沒錯。」我很乾脆地承認了，反正就算我否認，李若水也不會相信。
「那你果然很不擅長表現你的在乎啊，非得用師生之間的責任感來包裝不可。」李若水挖苦我，看起來她已經完全從剛剛的震撼裡恢復過來，心理素質真好。
「有些事情還是不要說破比較好吧？」我看著窗外，豔陽高照、晴空萬里，路人都撐起了陽傘遮擋炙熱的陽光，夏天真的來了。
「這種事情我可不插手。」李若水走向門，這次看起來是真的要走了，「反正林昀晞活下來，我欠你的也就都還給你了。」

我叫住她，「等一下，你說欠我的都還給我了是什麼意思？你欠了我什麼？」

李若水沒理我，「都過去那麼久了，沒什麼好提的。」

我才不會退讓，「既然那是你欠我的，那你就應該通通還給我，包含事情的原委都應該說給我聽。」

李若水還是背對著我，聲音輕得幾乎聽不到，「還記得你大學時被混混圍毆嗎？那是我煽動的。」

我愣愣地看著李若水，完全反應不過來。

奇怪，這世界上衝擊力如此之大的事情為什麼還能如此之多？

感覺今天李若水說出的每一句話，都震撼地我頭腦嗡嗡作響，還是當真相被一層層揭開時，必定會被衝擊得暈頭轉向？

「李若水，你最好給我解釋清楚，否則我如果哪天要死，也會努力拉著你一起。」

李若水轉過身，本來精緻蓬鬆的大波浪捲髮現在像失去了所有生氣，淒淒慘慘悽悽地披散在她沒有血色的臉上，「我跟一個小混混交往過，林普高職你知道嗎？」

我知道，我當然知道，「那不就是在南澤大學附近，專出流氓的學校嗎？」

那天我跟林昀晞在酒吧遇到的小混混就是來自那所高職，看來李若水挑選男人的眼光真的很非主流。

李若水低垂著頭，「那男的很帥，但有非常嚴重的暴力傾向。」

「別講得一副你交往前不知道的樣子。」我煩躁地打斷，那種學校出來的人，難道還期待他知書達禮？

李若水完全沒有反駁，只是繼續往下說，「後來分手的時候我為了讓他死心，就跟他說我愛上了別人。」

話至此時，我已經很明白我在這故事裡扮演的角色了，「那個倒楣的替死鬼就是我？」

李若水沒有說話，只是輕輕點了下頭。

我連生氣都沒力氣了，只想知道，「我到底是哪裡對不起你？」

「你那時候在學校裡很有名，記得嗎？因為社運的事情……」李若水囁嚅著，「所以我那時候其實只是隨便講了一個名字，然後因為你最有名……」

「有名就活該為你擋災是不是？我那時候差點活活被打死你知道嗎？怎麼？我這一條賤命沒你那轟轟烈烈的愛情重要是吧？踩在你朋友的屍體上的感覺是不是特別有趣？特別值得當成你下一段戀情的開場曲？」我看著眼前已經幾近崩潰的李若水，一點憐憫都沒有。

也是在那一瞬間，所有往事同時灌進我腦裡，背後的邏輯慢慢清晰起來，「所以那天，那幾個小混混一開始就是針對著我來的是吧？而且你其實一開始就知道總會有這麼一天，只是你一直拒絕去處理，甚至連事先告訴我一聲都不肯！」

李若水不敢說話，甚至不敢動作。

我知道她是默認了。

「所以那天你來醫院看我的時候到底在想什麼？」我逼視著李若水，「是在幸災樂禍覺得還好有劉叡這傻錢多的笨蛋付了所有醫藥費，還是看到男人為了你吃醋打架覺得好虛榮、自己好搶手？」

李若水終於轉向我，跟我的視線相交，「你的醫藥費是我付的！後來控告那群人重傷害的律師費也是！」

「難道我現在應該說謝謝你？」

李若水頹然地低下頭，「我不是這個意思。」

「李若水。」這應該是我最後一次叫她的名字。

「嗯？」李若水困惑甚至恐懼地看著我。

我竭力壓抑住自己的情緒，盡量平靜地說，「滾出去。」

李若水非常困惑地看著我，好像聽不懂中文，與此同時，她漂亮眼眸中的恐懼也在瘋狂滋長。

現在知道怕了是嗎？怎麼當年害得我差點丟命的時候那麼不痛不癢？

我抄起手邊的水杯，用盡全身的力氣朝著李若水丟，「滾出去。」

李若水下意識地後退了一步，但其實根本沒必要，因為我現在身體虛弱，連水杯都握不太穩，結果水杯只是掉落在病床上而已，根本傷不著李若水。

「吳司年，對不起。」李若水說完這句話後，就拉開門走了。

病房裡空蕩蕩的，只剩下我一個人。

這間私立醫院跟我大學那年住的是同一間，不知道是不是對環境要求很嚴格的關係，這裡總是非常安靜。

令人窒息的安靜。

我住院的時候，好像總是一個人，就連大學那次也是，只有劉叡跟李若水來看過我一次，而今天，我知道當初那兩個人來看我八成沒安什麼好心。

窗外，好像下起了大雨。

在淅淅瀝瀝的雨聲中，我慢慢閉上了眼睛，緩緩明白了在林昀晞過世後，我為什麼也做出了跟她一樣的選擇。

是敲門聲驚醒了我。

我現在沒有力氣下病床去開門，只好盡力揚聲說了句，「進來。」

結果外面的人又禮貌地敲了兩下門。

我乾脆破罐子破摔，理也不理了，反正也沒什麼人想來看我，就像我當年我爸媽選擇陪著我哥出國念博士，而獨留我一個人孤零零在這座城市裡一樣，沒有人在乎我，我也不想在乎任何人，所以爸媽一出國，我就把所有跟他們有關的聯絡方式刪掉。

只要是我先離開，那麼被拋下的人就不是我，角色瞬間對調，我就是那個狠心遺棄別人的人，而不是被其他人丟掉的可憐蟲。

我不想被可憐，也不需要無謂的憐憫，我自己一個人也過得很好。

門被推開了。

在門的縫隙裡，是林昀晞清秀的臉，「我可以進來嗎？」

我愣然地點點頭，完全沒有想到林昀晞會來。

「你找我有什麼事嗎？」我問著林昀晞，她今天穿著草綠色的短版上衣和白色百褶裙，手上還拎著設計甜美的鵝黃色紙袋，整個人看起來像從日本漫畫裡走出來的青春女高中生。

「李教授說你生病了，叫我來看你。」林昀晞把紙袋裡的東西拿出來，竟然是一盒燕窩，我真的不懂這女生腦袋裡到底在裝什麼。

大概是注意到了我的表情，林昀晞抓抓頭，有點不好意思地問，「買燕窩很奇怪嗎？可是我真的不知道探病應該要送什麼比較好。」

「不是通常都會送點水果禮盒之類的嗎？」燕窩這東西我只聽過沒實際吃過，乍一收到我還真不知道該怎麼用比較好。

「但水果還要削或是剝皮之類的很麻煩吧？」林昀晞把燕窩放到我病床旁邊的小桌子上。「燕窩應該也要燉吧？」印象中是這樣。

「是嗎!?我以為可以直接喝欸。」林昀晞一臉震驚地研究著燕窩的食用說明。

我看人的眼光是不是有點問題?

「所以你來找我有什麼事?論文遇到問題了?」每個人找我總是有一個目的,不是要我幫忙就是要來看我笑話。

「沒啊,我就只是來看你的。」林昀晞繼續研究著燕窩禮盒背後的說明欄,「你有對蛋白質過敏嗎?燕窩有百分之五十的成分是蛋白質。」

「你買之前都沒想過我可能會對蛋白質過敏嗎?」我刻意用力咳嗽了幾聲。

林昀晞那眼神別說關心了,根本就像在責備我身體虛弱,「奇怪了,一個對蛋白質過敏的人類是可以正常地活著的嗎?」

「為什麼要批判對蛋白質過敏的人?」

「我不是說道德上他們不應該活著,而是說從營養學的意義上來看,對蛋白質過敏真的能攝取到生存所需的營養嗎?」

「我看完營養學的書再回答你。」我又用力地咳嗽了幾聲。

結果林昀晞只在乎,「哦,你還會看營養學的書啊?」

我被澈底打敗了。

但好在我個性還算堅毅,繼續對林昀晞循循善誘,「你來探病是不是應該說點什麼?」

「要說什麼?」林昀晞偏過頭想了幾秒,然後很認真地問我,「你現在要吃燕窩嗎?」

「那盒子背後都寫了燕窩要燉，不是打開來就能吃的。」我扶著額頭，頭痛。

「哦，那我也沒辦法了。」林昀晞把燕窩禮盒放在病床旁邊的櫃子上，完全沒有要解決問題的意思。

在放棄了燕窩後，林昀晞終於注意到我，「教授身體還好嗎？」

「不好。」我順勢再咳了幾聲。

結果林昀晞只是點點頭，問了一句，「需要幫你叫醫生嗎？」

真是不懂得關心人。

「不過你看起來氣色很好。」林昀晞說，也不知道是不是想敷衍我。

我當場反駁，「我可是一個在住院的病人，怎麼會氣色好？」

林昀晞聳聳肩，一臉事不關己的樣子，「從我進來開始，你就是笑笑的，看起來心情滿好的。」

笑笑的？我自己怎麼都沒注意到？

林昀晞看了一下錶，「那我先走了，我約了人吃飯。」

「約了誰？」我警覺地問，說實話，林昀晞長得挺漂亮，又念這麼好的學校，追求者眾也是很合理的事，我的腦子裡甚至閃過一個可能性：是不是那個蘇清澤又回來了？

蘇清澤在追求她嗎？

林昀晞還喜歡他吧？

林昀晞……會喜歡我嗎？

「陳品瑄。」沒想到林昀晞乾脆地否決了我剛剛腦子裡所有的壞念頭，「她是我高中同學，常常會教我數學。」

聽到是女生我就放心了不少，「她也是念南澤的？」

「對啊，她在南澤念心理系。」林昀晞又看了一下錶，「我快遲到了，得走了啊。」

「需要我送你過去嗎？」

林昀晞看了眼在病床上的我，「你不是在住院嗎？」

「那你搭計程車？」

「沒錢。」林昀晞的回答簡潔有力。

沒事，我的解決方法也是粗暴又有力，「那我給你錢？」

「不用了。」林昀晞說完就走向門。

是生氣了嗎？

但在走之前，林昀晞又轉過頭對我說，「我明天再來看你。」

我非常確定我笑了起來，非常、非常開心地笑了起來。

隔天傍晚，林昀晞帶了蘋果禮盒來醫院找我。

我接過禮盒，「你不是說水果要削皮什麼的很麻煩嗎？」

「欸？但蘋果不是可以直接用啃的嗎？這樣就不用削皮了啊。」林昀晞一臉天真。

這女生到底是怎麼活到現在的？

再隔一天，我已經辦好出院手續準備出院了。

我的復原速度超越所有人的預期，連我自己都很驚訝。

也許是我太討厭讓林昀晞看到我穿著病人服的樣子，又或許是我單純不喜歡醫院，更有可能我只是想回到南澤，一個可以更常遇到林昀晞的地方。

所以當林昀晞再次來到病房的時候，看到的只是一間已經收拾得乾淨到像是從沒住過人的醫院病房而已。

林昀晞看起來非常困惑。

其實我就站在她後方沒幾步的距離，但我並不打算出聲提醒她。

這可是我精心設計好的橋段，我不能破壞這時刻。

林昀晞並沒有注意到我，她看起來非常慌亂，衝出病房，隨便抓住一個護士問，「住那病房的男生怎麼了？他是去做手術嗎？還是……」

講到後面，林昀晞似乎已經被巨大的恐懼吞沒，連話都沒辦法講得很清楚，好像隨時會崩潰，「還是……他死了？」

那護士也很困惑，「請問你是病人家屬嗎？」

林昀晞搖了搖頭。

那護士只能安撫性地拍拍林昀晞的肩，柔聲安慰她，「不好意思，我們不能向非家屬透露病人資訊。」

林昀晞看起來更驚慌了，不過她還是竭力讓自己冷靜下來，用禮貌的語氣說，「好的，那我自己再看看，不好意思麻煩了。」

護士又安慰了林昀晞幾句才走掉。

林昀晞深呼吸了幾次，從口袋裡摸出耳機塞進耳朵裡，堅強地抹掉眼眶裡的水氣，然後抬起下巴，讓眼淚倒流回心臟裡。

從來沒有任何人為了我哭過。

除了林昀晞。

林昀晞是這世界上，唯一會因為找不到我而哭的人。

能知道這一點，真是太好了。

我走過去，拍拍林昀晞的肩。

結果林昀晞沒理我，只是把肩膀縮得更緊，可能以為剛剛只是有人不小心撞到她。

沒事，反正我今天病假已經請好了，就跟她一起在醫院的走廊裡站著，差別只在於她有音樂可以聽，而我沒有。

過了大概十分鐘吧，林昀晞才像想起什麼似的，往醫院門口走去。

「林昀晞。」我從後面叫住了她。

林昀晞回過頭來看著我，表情驚訝到變形，「吳司年？」

「這是你第一次叫我的全名啊。」我把手插在西裝褲的口袋裡，對著她微笑。

林昀晞把耳機拿下，收進口袋裡，「我還以為你死了。」

「很抱歉沒有。」我笑著說，一點抱歉的意思都沒有。

「真是的，害我剛剛白緊張了。」林昀晞好像真的鬆了一大口氣。

剛剛在醫院裡面……是不是有點太過火了？

「我在病房裡努力找你的時候，你其實就站在旁邊看著吧？」林昀晞背對著我，用力地按著自動販賣機的按鍵，不知道是不是生氣了。

我斜倚在牆上，沒有回答林昀晞的問題，「那販賣機壞掉了。」

「你怎麼知道？」林昀晞繼續用力按著自動販賣機，那按鍵都快被她按起火了。

「我的病房在那。」我指著一個可以明顯可以看到自動販賣機的位置，「有天早上護士來巡房的時候，我就問他為什麼那自動販賣機都沒人用，他就跟我說那東西壞掉了。」

「壞掉了也不貼個告示什麼的嗎？」林昀晞瞪了那自動販賣機一眼。

我笑了笑，「走吧，我請你喝星巴克。」

「這又是哪個漂亮小護士告訴你的？」林昀晞問，這是吃醋的意思嗎？

是吧？對吧？肯定沒錯的吧？

那她這樣……是喜歡我的意思嗎？

「是一個男醫生告訴我的，他是我哥以前念醫學院的同學。」我跟林昀晞說。

「我都不知道你有哥哥欸。」林昀晞很合理地驚訝著，因為我幾乎沒跟任何人提過我有個哥哥。

「他現在在美國當醫生，我很多年沒見到他了。」對我來說，他已經不是我哥了，而只是一個登記在戶口名簿上的名字。

「你爸媽也在美國嗎？」

「應該是吧？很多年沒聯絡了。」

「是嗎？那真可惜。」

「可惜什麼？」

「你爸媽現在看到你這麼成功一定很開心吧？」

「我覺得他們寧可沒有我這個兒子。」早在我以一分之差落榜北區一高資優班、甚至連醫學院都沒考上的那刻開始，就注定了我只能是個拿來襯托我哥的失敗品，沒有任何價值，當然也不值得任何投資，包含爸媽對我的愛。

我爸媽從來沒有愛過我，而是把所有的愛都給了我哥，我甚至也很懷疑他們到底愛的是我哥，還是那些成就能帶給他們的虛榮？

「哦，那不聯絡也好。」林昀晞聳聳肩，竟然沒有安慰我，這種時候如果沒有那種天下無不是的父母的大道理，不也應該要有一些什麼內在小孩巴拉巴拉之類的安慰論調吧？

「話說，你剛剛為什麼要問我是不是跟漂亮護士很好？」是不是吃醋？女生喜歡一個人的時候應該是會吃醋的對吧？

「就隨便問問啊。」林昀晞低頭看手機，然後問我，「你有星巴克的會員嗎？這樣買好像會比較便宜。」

這態度會不會太隨便了，「我沒有會員，但我有錢，這樣可以嗎？」

「也行。」林昀晞把手機收起來，星巴克的綠色招牌就在正前方。

今天星巴克人特別多。

林昀晞正研究著高掛牆上的菜單，順帶隨口來了一句，「你在醫院是故意讓我找不到你的吧？就想看我發現你不見後驚慌失措的樣子。」

這女生是會通靈嗎？怎麼一說一個準？

這麼幽微陰暗的心思，為什麼可以被她如此平淡地宣之於口？

她會……因此討厭我嗎？

林昀晞完全沒注意到我紛亂的心緒，逕自跟年輕陽光的櫃檯小哥點餐，「我要一杯中杯的紅茶那堤，去冰，換堅果奶，再加兩下鹹焦糖漿。」

現在連星巴克都這麼競爭的嗎？加在飲料裡的東西我連聽都沒聽過。

「今天有買一送一，有需要嗎？」

「兩杯要一樣的是嗎？」林昀晞好像對星巴克滿熟的。

「對哦，一樣的兩杯飲品才能適用這個優惠。」

林昀晞從她的錢包裡掏出幾張一百塊，「那剛剛那個不要了，幫我改成兩杯熱的蜜柚紅茶，大杯無糖謝謝。」

櫃檯小哥接過錢，說了句，「今天很熱哦，可以改成製作去冰或常溫。」

沒想到林昀晞指了指我，「他剛出院，我怕他喝冰的會死。」

櫃檯小哥瞄了眼我，問林昀晞，「那你男朋友？」

這問題什麼意思？沒想到林昀晞竟然不覺有異地爽快回答，「沒，我單身。」

「我有女朋友了。」櫃檯小哥把找零跟發票遞給林昀晞。

「真可惜。」林昀晞幫東西收好後就去旁邊等餐了。

「怎麼？你喜歡那種啊？」我指著剛剛幫我們結帳的男生，他看上去二十歲不到，眉眼很乾淨，氣質像剛剛從體育學院畢業，渾身都是陽光曬過的味道。

「還行。」林昀晞把她剛拿到的茶分我一杯。

「那你喜歡哪一種的？」我喝了口茶，真燙。

林昀晞斜瞟了我一眼，「你問這個幹嘛？暗戀我？」

我看著林昀晞，可以清晰感覺我心臟不規則地跳動，「你是隨口問問，還是真的想知道？」

林昀晞大概沒料到我會這麼認真，趕緊說，「我就隨口問問，隨……」

她話還沒說完，就被我打斷了，「來不及了。你既然問，就該有心理準備會聽到回答。」

林昀晞拿著茶、看著我，擺出一副英勇就義的表情，好像等等就要去諾曼第執行登陸任務，「那你說吧，你是不是暗戀我？」

我笑了起來，既然學生都發問了，作為老師的我就應該知無不言、言無不盡，「是，我確實暗戀你。」

林昀晞視角

吳司年好像跟我告白了，但我沒跟任何人講這件事情。
連跟我最親近的顧喬溪也毫不知情。
因為我有更緊急的事情。

望著南澤大學滿街燦爛的黃金雨，我只想哭。
南澤大學的五月飛散著奪目的阿勃勒花瓣，標誌著夏天的到來，也象徵著畢業論文留給學生掙扎的時間不多了，而我的論文還一字未寫，連滿紙荒唐言都湊不上，只徒留我一把辛酸淚。
說多了真的都是淚啊。
穿越的開局是我期末直接被當的會計課、中間還讓已經脫離苦命高中生涯的我去考三角函數，最後還不放過我，直接把我放生在期末論文截止前的一個月，難道這就是活下來的副作用嗎？逼著我直面生活的殘酷。
沒事，對於生活的苦，我有自己的解決方法：拖延。
就是拖延，才讓我跟顧喬溪建立了堅定的友情。

我們一起熬夜趕報告、一起把citation亂做一通，槍口一致地砲轟那些腦子裡全是水的爛組員，必要時刻我們甚至會幫彼此作弊，在這座怪人跟爛人頻出的大學裡，我跟她一起看過無數次凌晨五點鐘初升起的太陽，並在趕報告趕得昏天暗地的時候，互相幫忙買宵夜和咖啡。

不過比起顧喬溪，我的拖延更多了些許知識的腐臭味，因為在拖延的時候，我對於跟作業無關的冷知識的渴望會達到巔峰，巔峰到促使我今天去了大學圖書館，隨便借了一本在還書架上最上面的書。

那本看起來已經有點年代的原文書有著一串很長的書名：*Time Travel in the Fluid River of Human Memory*，中文譯名應該是《在流動的人類記憶之河裡進行時間旅行》之類的吧？

不知道，無所謂，反正我在逃避寫作業的時候，連微積分都願意學。

就跟大部分歷史悠久的圖書館一樣，儘管南澤大學已經建立了現代化的電子館藏系統，也沒有把已經貼上書末的紙質借閱卡撕下來，就這麼默默等著借閱卡被填滿，然後廢棄。

我借的這本書大概很冷門，書末的借閱卡還有幾格空缺，最後一個被填寫的還書日期是前天，借書人的名字被鋼筆優雅填寫，是我見過的字跡。

那是吳司年的名字，吳司年的筆跡，也是吳司年慣常用的霧灰色墨水。

我翻開書的第一頁，細細閱讀。

那本原文書不是很厚，寫得簡潔明快，整本書大概的意思就是：人類可以隨意回想過去或是預想未來，甚至是回到特定的事件背景，並且在頭腦中體驗這件事所帶來的特定感受，就跟進行了一場精神上的時間旅行一樣。不過這樣的精神時間旅行就像真的時空旅行一樣，會帶來記憶的混亂，造成大腦錯把預想情境當成事實，讓記憶的事實細節變得不再可靠，甚至某些細節可能從未發生過，只是被虛構得讓大腦以為是真實而已。

非常有趣的理論。

「你在看什麼？」坐在我隔壁的顧喬溪低聲問我，她面容蒼白、眼神疲憊。

我把書的封面轉過去給她看。

「這是你學士論文的主題嗎？」顧喬溪問，手上的黑咖啡不知道是她今天的第幾杯。

我把書闔上，「當然不是，我又不是心理系。」

顧喬溪沉默了幾秒，然後咬牙切齒地看著我，「你是不是很閒？」

我大義凜然，「我在拖延。」

顧喬溪傻眼，「從來沒見過拖延得這麼理直氣壯的人，你是寫論文寫瘋了嗎？」

我沒有反駁，畢竟她的說法也不算太錯。

顧喬溪也懶得理我，直接把我從圖書館座位上拉起來，「走了，我們還有課。」

我們？有課？

雖然我剛剛看的書明白告訴我：我的記憶不可靠，但我還是努力搜尋了下我的記憶，結論就是：那本書是對的。

我的記憶確實非常混亂，不知道是不是穿越時空的副作用，但我過去幾個月的記憶全都是碎片，完全無法確認真實性的碎片，我不知道我是真的見過這些人、體驗過這些事，還是我只是太擅長虛構，以至於我的大腦錯把虛構當真實。

這種記憶的混亂對於我的日常生活毫無影響，我也因此到現在才發現：記憶可以如此雜亂且沒有實感。

真奇怪，我以前竟然都沒有發現。

不管怎麼樣，手機上的日曆告訴我，我今天下午就有一堂叫「全球戰略與風險管理」的課。

我上南澤大學的官網查了下這堂課的資訊，典型的顧喬溪品味。

這堂名字花俏、內容單薄的「全球戰略與風險管理」實際教了什麼根本不重要，重要的是教課的季教授長得非常好看，還頂著牛津大學的高學歷，又風流又斯文的氣質完全正中顧喬溪的好球帶。

顧喬溪選的課就是這樣，雖然品質沒保證，但授課老師的外貌那肯定是精挑細選，硬是用實力把求取知識的偉大旅程變成藝術鑑賞。

只是，季教授顯然是帥得不夠突出，因為我混亂的記憶裡並不包含季教授優越的長相。

很可惜，我今天也無福現場享受季教授的高顏值，而且錯過的原因跟莫名被捲進時空跳躍同等離奇。

今天季教授找了個人來代課。

「我是吳司年，劍橋大學政治系博士畢業，專攻國際政治，今天來幫季教授代課。」

我看著講臺上的吳司年，腦子裡只有一個念頭：付多少錢能讓地球在這一秒鐘爆炸？

吳司年一如往常，穿著Armani的西裝，頂著那想讓人發動階級革命的矜貴氣質，一手拿著棕色皮革的書記板，另一手推著他看上去就要價不菲的金絲眼鏡，「現在點名，點到的人舉手，沒舉手的我就算缺席。」

底下一陣騷動，因為以前季教授都不點名。

吳司年抬起頭，鏡片背後的雙眸一點感情都沒有，聲音也是冷冰冰的，「想畢業就配合點，不想畢業我也無所謂。」

非常暴力，非常有效。

難怪那麼多人說吳司年難搞，他確實脾氣不太好。

吳司年念起了名單上的第一個名字，「顧喬溪。」

我旁邊的顧喬溪用力舉起手，確保吳司年有看到。

吳司年接下來又點了幾個人的名字，然後才點到我，「林昀晞。」

我抱著寧死不屈的氣勢拒絕舉手點名，顧喬溪用氣聲說，「你是不是瘋了？」

我也用氣聲回她，「等等跟你講。」

講臺上的吳司年目光更冷了，「林昀晞？林昀晞沒來是不是？」

有幾個認識的同學不約而同全部看向我，混蛋啊，你們是不是想害死我？

「那我記缺席了。」吳司年拿起他Mont Blanc的鋼筆在名單上畫了一筆後，繼續把剩下的名字點完。

那整堂課我上得心驚膽跳，吳司年在臺上講的話我一個字都沒聽進去，而我旁邊的顧喬溪一發現我跟吳司年之間肯定有什麼驚天大八卦，便一直伺機搭訕我，什麼用腳踢啊、用手頂啊、瘋狂發訊息啊，什麼招式都用上了，但我就是目不斜視、靜若菩提，堅決拒絕任何形式的溝通。

現在的我實在沒這個心情。

這幾天來我一直在躲吳司年，而且我很確定吳司年也知道我在躲他。

其實躲吳司年在理論上來說並不是太困難，因為我是理論組，而吳司年是教國際關係的，所以我根本就不需要修他的課，我也非常有先見之明地沒選任何一堂他開的課。

當然，我的先見之明並沒有睿智到能預期他會以代課教師的身分出現在課堂上。

下課前，吳司年又叫了一次我的名字，「林昀晞還是沒來是不是？」

整間教室沒人回話，大家都在收拾東西準備閃人。

吳司年也沒多說什麼，默默地走了，也許是剛出院的關係，他看起來好瘦好瘦，瘦得連本該剪裁精湛的西裝都已經不是服貼地穿在他身上，而是有些鬆垮地掛著，好像只要輕輕一碰，他就會化成風，消失在這世間。

在離開教室前，吳司年往我的方向看了一眼，在視線相交的那一瞬間，我趕忙低下頭，假裝在看手機。

「你是不是瘋了？」看到我死盯著那一片黑暗的螢幕，顧喬溪非常擔憂。

我逼著自己揚起笑，「哪個寫論文的沒瘋？」

「兩個月前就開始準備的人？」顧喬溪嘴上幹話，但還是在仔細觀察我的精神狀態，「如果需要的話，我可以幫你預約心理諮商，真的，有需求不丟臉的。」

「倒也不是丟不丟臉的問題……」我試圖想一個婉轉的拒絕。

顧喬溪完全誤解我的意思，「校內心理諮商是免費的。」

我再度試圖解釋的時候，顧喬溪一聲嘹亮的「吳教授」直接擊垮我。

「林同學。」吳司年黑著一張臉，幽深的眼神墨沉沉地壓下來，幾乎把我逼得喘不過氣。

三十六計走為上策，「吳教授不好意思，我等等有事需要先走了。」

「林同學很忙啊？忙得連課都沒時間上。」吳司年那話裡的諷刺不言而喻。

「最近在趕學士論文比較忙。」丟下這句話後，我毫不猶豫地拖著顧喬溪走人。

「你今天到底在發什麼瘋？」顧喬溪被我拉得手臂生疼，我放手的時候都能看到清晰的紅印子。我也懶得跟她廢話了，直接掀開底牌，「你被教授告白不發瘋？」

顧喬溪上上下下看了我半天，嘴巴一開一闔得像隻在吐泡泡且溺水了的小金魚，我是真的擔心她會承受不住這個刺激，一口氣沒吸上來就直接暈倒在這裡。

「顧喬溪你沒事吧？」從現在的狀況來看，顧喬溪好像比較需要被關心。

顧喬溪沒說話，安靜了幾秒後，她忽然傾身向前，死死抓住我的肩膀，跟電影裡的女鬼一樣露出淒厲的眼神，「林昀晞你腦子被馬踢散了吧？」

「啊？」這發展太超出我的認知範圍。

顧喬溪維持著淒厲女鬼的姿態，「哪個沒羞恥心的老黃瓜看上你？你告訴我，老娘我必須把他弄進監牢蹲！不弄死這混帳我就不姓顧！」

我看著義憤填膺的顧喬溪，深深感覺到友誼的可貴，「吳司年。」

「你剛剛說什麼？」顧喬溪的女鬼氣勢一下子就弱了大半，「吳司年？教國際政治的吳司年？」

「你這態度也變太快了吧？」難不成顧喬溪其實一直默默暗戀吳司年。

細細一想，確實有這個可能，畢竟大家都是政治系嘛……

「吳司年是我學士論文的第二讀者，如果他一個不開心我就不用畢業了。」顧喬溪絕情地兩手一攤，一副愛莫能助的無辜樣子，「抱歉了，但我實在救不了你。」

我竟然也被她帶偏了話題，「你不是理論組的嗎？跟吳司年有什麼關係？」

「我論文寫的是無國籍難民，」顧喬溪聳聳肩，用一種很無奈的語氣說，「你也知道吳司年是搞國際政治的嘛，所以找上他也不算太奇怪。」

確實，但，「你至少幫我想一下該怎麼應付他吧？」

顧喬溪拍拍我的肩膀，扮出善解人意大姊姊的樣子，語重心長地鼓舞我，「生命會自己找到出路，別太擔心。」

靠，我超擔心的好嗎！

儘管南澤大學沒有明文禁止師生戀，但天知道學校會怎麼處理這件事情，我離畢業就只剩幾個禮拜了，即將到手的畢業證書就這麼飛了，我一定會崩潰。

顧喬溪去找她的指導教授談論文了。

她的指導教授是新來的，叫江河。據說擁有六個學位，閒暇嗜好是看論文、休閒娛樂是做研究，沒有學術就會窒息。但碰上了顧喬溪這懶散又極具爆發力的專業死線追趕者更令江河窒息，因為顧喬溪從來就沒有計畫、沒有自律，時間管理能力趨近於零，所有東西都是在期限前一個禮拜做出來，而且還做得不壞，可惜江河這樣一個知書達禮、百裡挑一的高品質學術機器怎麼能容忍顧喬溪這種渾沌不明的玩意兒？

所以兩人的合作過程可以說是火花四濺、災難不斷、每次只要一坐下就是冷嘲熱諷、明槍暗箭，恨不得能把對方從臺北一〇一頂樓推下去，據說向來脾氣穩定的江河被顧喬溪氣到在社科院門口用德文破口大罵了整整三分鐘，還獲得了社科院院長一句「德文很流利啊」的稱讚。

簡而言之，顧喬溪的生活底色跟我有著差不多的悲劇性，誰也沒空同情誰。

「林昀晞。」一個染著酒紅色大波浪，穿著墨綠色緞面襯衫，拎著香奈兒經典菱格包包和星巴克紙袋的精緻女人叫住了我。

「李教授。」我很客氣地打了招呼，面前的女人是一個叫李若水的物理系教授。

李若水就是那個跟我說吳司年生病住院叫我去看他的人，直到現在，我都完全無法理解李若水為什麼會找上我，也沒問過。

「吳司年身體好一點了嗎？」李若水從紙袋裡拿出一杯冰拿鐵遞給我。

「他回來教書了，所以身體應該是好很多了。」而且還有心力搞代課老師這一套，想來精神也挺不錯。

李若水自己的也是冰拿鐵，她邊喝邊問，「哦？你有遇到他嗎？」

「剛剛遇到了，吳教授來代課。」星巴克的拿鐵好甜啊，不知道是不是李若水想著給我買就多加了點糖。

「代課？你本來沒有他的課嗎？」李若水一手拿著咖啡，另一手正在用手機發訊息。

「沒有，吳教授教國關，但我念理論。」我又喝了口咖啡，隱隱約約有種不好的預感。

李若水在發訊息給誰？

「原來政治系分這麼細啊？」李若水笑了笑，笑容跟她的打扮一樣亮麗非常。

「吳司年這人看著挺難相處，但他其實人很好，只是不擅長表達關心而已。」李若水意有所指，但我資質平庸，沒能參透其中深奧的涵義。

「吳教授不容易，我會多體諒的。」我客氣回了句，挑最安全的牌打。

「他倒也不需要你的體諒。」李若水調侃地撇了撇嘴角，「吳司年這個人啊，對你肯定不會生氣，大不了就是往心裡去。」

這個大不了是不是有些大了？

而且，「為什麼要特別強調對我？」

「因為確實是針對你。」陰沉又斯文的聲音、以及那在我眼角尖一晃而過的西裝，在這種大熱天裡還能這麼西裝筆挺的也就只有這群腳不沾地、寸步不離冷氣房的嬌貴教授們了，當然，吳司年肯定是這群人之中最具代表性的一個。

我不情不願轉過身，看向聲音的來源，「吳教授。」

吳司年冷笑一聲，「發現我是你學士論文的第二讀者就這麼客氣嗎？」

我絕望地看著他，「你是我學士論文的第二讀者？你是認真還開玩笑？」

吳司年的眼神比一千根針加起來還尖銳，「我從不開玩笑。」

我崩潰，我扭曲，我在內心裡陰暗地蠕動爬行，只想預定一張前往世界末日的單程票。

就在這個時候，駱皓滿面春風地走了過來，忽視這如同癌末病房的現場氣氛，輕快地問了句，「大家都在啊？」

我跟吳司年臉色肯定都很難看，只有李若水也用春天野貓般鬼祟又歡樂的語氣問駱皓，「晚上一起吃飯啊？」

「可以啊，我來訂位。」駱皓真是個行動派，說幹就幹，現在就開始打電話問餐廳有沒有今天晚上的位子，顯然不給任何人拒絕的機會，幸虧駱皓生得一副好皮囊，不然我肯定衝上去掐死他，竟然敢在我論文寫不出來的時候逼我跟一桌教授同堂吃飯，就這麼不怕我真去搞瓶硫酸嗎！

不過等等，駱皓這個邀約應該是針對他的同事，跟我沒關係吧，這麼一轉念，我心裡就舒坦了，坦蕩蕩地問駱皓，「教授們晚上要去哪裡吃飯啊？」

「國科會附近的一家餐酒館，你喝酒嗎？」駱皓問我。

我還來不及回答，就聽到吳司年冷冷地說，「她不喝酒。」

駱皓也不覺尷尬，只說了句，「你對你學生可真保護啊？」

吳司年撇過頭去不講話了。

這時我才意識到一個重點，「晚上那頓飯，我是要出席的嗎？」

「不然呢？」駱皓似乎被我的天真跟後知後覺逗笑了，「親愛的林小姐，晚上七點半有空一起吃個飯嗎？」

我目光顫抖、結結巴巴，這幸福來得有點太突然，眼前可是個活生生的黃金單身漢、全學校裡最帥、最性感、最讓人血脈賁張的大帥哥，在問我晚上有沒有空一起吃個飯。雖然不是單獨，但也夠勁爆了。

這一刻我非常擔心是不是把未來所有的好運都預支完了，讓我的人生從今往後都只能睡在陰冷潮溼的地下室，跟蟑螂和老鼠一起過活。

基於以上的擔心和最後一點對於顧喬溪的愛，我問駱皓，「我可以帶我朋友一起來嗎？」

駱皓笑了起來，就連他那眼神淡漠、玩世不恭、隨便給個笑的樣子都充滿了呼之欲出的性張力，「我是無所謂，但你可以問看看吳司年同不同意。」

我反射性反問，「我為什麼需要吳教授的同意？」

駱皓的笑容僵住，那什麼都不在意的氣質當場凝固，愣了幾秒，他才怔怔吐出一句，「同學，你真的是有本事啊。」

我回頭看了眼吳司年，結果吳司年只是聳聳肩，「別理他。」

李若水倒是笑了起來，「你要是真帶了個男的過來，吳司年肯定弄死他。」

「但，我也有可能跟女生談啊？」這大眾的想像力，能不能多元點？

吳司年的臉唰地一聲就黑了，「你喜歡女的？」

「沒喜歡過女生，所以不確定。」我給了一個我覺得很四平八穩的回答。

吳司年的臉色更難看了。

我邀請顧喬溪晚上跟駱皓一起共進晚餐的時候，她的表現只能說是出類拔萃。

顧喬溪飛撲上來，緊緊抱住我，她髮間的洗髮精香竄進我鼻腔，嗆得我打噴嚏，「顧小姐，你後退點，我對你沒興趣。」

「你是對女的沒興趣吧？」顧喬溪退回她座位，然後拿起包包裡的小鏡子東照西照，好像照個鏡子就能完成醫美手術。

我漠然地看著雙頰泛紅、兩眼發光的顧喬溪，「可能也只是對不好看的沒興趣。」

顧喬溪狠狠瞪了我一眼，然後一把拉起我，「走，去買衣服，我付錢。」

我對買衣服沒什麼興趣，顧喬溪平時也沒有，但她對駱皓的興趣激起了她對時尚與美的追求。

「你覺得哪件好看？」顧喬溪左手拿著粉色平口上衣，右手拿著茶色針織背心，兩件都是露肩顯胸還收腰。

我兩件都沒選，「不如整形吧，真的。」

顧喬溪瞪了我一眼，「欸，駱教授喜歡什麼型啊？美豔型還是可愛型啊？」

「喜歡氣質的吧？學院風那種，畢竟駱皓也是學院出來的。」我隨便亂推理一通，顧喬溪竟然還接受了，在經過兩個小時的深思熟慮後，買了一件奶白色的千鳥格襯衫和同色系雪紡紗長裙，走一個古典路線。

我則什麼都沒買，主打的就是一個隨便，最好隨便到讓吳司年知難而退。

在宿舍精心打扮一番後，化著經典偽素顏妝容的顧喬溪閃亮登場，手上還拎著個碩大的移動型待回收垃圾，也就是穿著邋遢的敝人在下我。

顧喬溪堅持叫了計程車，美其名曰盛情款待我，但我知道她只是不想讓這大熱天花了她的妝。

我們到的時候其他人都已經到了，教授們都穿著跟我下午看到的一模一樣，襯得顧喬溪更加楚楚動人，也襯得我更像進來倒水、收盤子的，而且從冷氣強度來看，這家餐廳應該很貴。

「你衣服挺好看。」坐在我旁邊的吳司年西裝筆挺地誇了我一句。

我愕然，「這是系服啊，還荷葉邊了。」

「跟你褲子很搭。」吳司年淡淡說了一句。

我看著我身上的高中運動短褲，無言以對。

沒想到吳司年還往下聊，「你腳不會冷嗎？」

我跟我的一百元藍白拖同時沉默了。

「吳司年，你跟你學生點些菜吧。」駱皓把菜單遞給吳司年，然後轉頭就跟顧喬溪聊起了哲學問題，在學術研究的道路上一路狂奔，渾身散發出探討知識的聖潔光輝。

菜單剛接過，吳司年就暗罵了句髒話，「這菜單上沒有你能吃的菜啊。」

「啊？」我接過菜單，才發現這竟然是一家韓式餐酒館。

吳司年繼續碎念，「你不吃辣、又不吃蔥，連年糕也不吃，這菜單上還有什麼你能吃的？炸薯條嗎？而且我印象中你根本就不喜歡吃韓式料理。」

我看著吳司年，覺得很抽離。

吳司年說的都對，但他怎麼知道這些？

我跟他都沒怎麼一起吃過飯，更不可能一起吃韓式料理，因為就如他所說，我非常討厭吃韓式料理。

吳司年幫我點了杯熱的柚子茶，「菜單上的菜看起來都不怎麼樣，你先簡單吃一點，等等我再帶你去買奶油車輪餅。」

小時候的我最喜歡吃車輪餅了，而且我只吃奶油味的，堅決不吃紅豆味的，但這件事情別說顧喬溪了，連跟我一起度過整個高中時代的蘇清澤應該都不知道。

但吳司年知道。

怎麼可能知道？

我看著旁邊這個一直幫我夾菜的男人，內心終於升起了一陣疑惑：社會科學講定義、講概念、講分析框架，但要理解吳司年實在太難。

此人在我穿越時空前雖然算不上出招狠毒，但也當眾羞辱過我，甚至幾次差點被他那知識分子的高高在上給逼哭，他把我弄得最抓狂的時候，我甚至把《刑法》從頭到尾翻了一遍只求找個最低刑期的方式把他給幹掉。

但在我穿越時空後這男人卻好像基因突變，為我當街叫囂、為我跟小混混比賽、甚至連住院了都想著見我，是什麼重力場發生變化把吳司年的腦袋給弄混亂了嗎？

還是，看著坐我對面、年輕漂亮、精緻如同芭比娃娃一樣的顧喬溪，腦子裡閃過一個念頭：有沒有一種可能，其實不是顧喬溪暗戀吳司年，而是反過來？

而我，一個長相普通、性格剛硬的平凡女孩充其量只是吳司年追求之路的墊腳石。

一切都說得通了。

看著顧喬溪托著腮、眨巴著明亮大眼睛望著駱皓的樣子，我想了好久都想不到一句適當的話安慰在苦追顧喬溪的吳司年。

「在想什麼？」吳司年低聲問我，順便幫我跟服務生要了一杯水，還強調要溫水。

啊？我還沒想好臺詞，只能吐出一句蒼白無力的，「你別太難過。」

「我難過什麼？」吳司年打從心底的困惑。

「你不是暗戀顧喬溪嗎？」我壓低聲音，確保只有吳司年聽得到，我不想要他的苦戀變成學院裡的笑柄。

在聽到我的問句的那瞬間，吳司年手一抖，韓餐特有的鐵扁筷落在盤子上，撞擊出清脆的聲響和吳司年那一副撞鬼的驚悚表情，「暗戀她？我瘋了啊？我根本不認識她啊？」

但最讓我驚訝的是，除了顧喬溪很驚訝以外，另外的兩位教授都只是很平淡地看了吳司年一眼，就繼續聊怎麼申請國科會計畫比較容易。

學院風原來是冷淡風嗎？

吃完飯後，李若水說她跟朋友約了在附近的酒吧喝酒後就先走了。

「顧喬溪沒有車，可以請駱教授幫忙載她回去嗎？」我禮貌地問，顧喬溪那眼神感激得恨不得把所有銀行卡密碼都給我。

駱皓看了吳司年一眼，竟然還同意了我的提議，「那你的學生就交給你負責了。」

吳司年點了點頭，就帶著我走了。

「你車停在哪裡？」我問吳司年，從我問他是不是暗戀顧喬溪之後他就一直呈現一個未爆彈的狀態，我現在站在他旁邊的感覺很像站在核彈按鈕旁邊，不知道什麼時候會爆炸，也不知道爆炸了會怎樣。

「那裡。」吳司年隨手往他身後一指，那是跟我們現在的行徑路線相反的方向。

「你不開車嗎？」我努力跟在吳司年旁邊，他好像生氣了，步伐邁得特別大。

「不是說好要帶你去買車輪餅嗎？」吳司年瞄了我一眼，不著痕跡地放慢了步伐。

我抗議，「你是在哄小孩嗎？都幾歲了還吃車輪餅？」

吳司年沒有反駁，換了個話題，「你還記得榮匯大廈嗎？」

「榮匯大廈？」我對這個名字依稀有點印象，用力想了將近半分鐘，我才想起來，「我小時候補英文那裡？」

「對，那棟樓要拆了，聽說是要都更。」

「哦，榮匯離這裡不遠。」

「我知道。」

「你知道？」問出這個問題後，我的腦子才意識到不對勁，「你怎麼知道⁉」

吳司年反應平淡，「我以前在那裡的補習班教英文。」

我點點頭，想起來吳司年似乎提過他以前有去補習班打工賺學費。

榮匯離我們剛剛吃飯的餐廳確實不遠，走個五分鐘就到了。

「好懷念啊。」當熟悉的街景映入眼簾時，我不禁感嘆，自從我爸媽在我國中離婚後我就搬離了這裡。

「你在這等我一下，我去買車輪餅。」吳司年把外套拿在手上，準備往馬路對面走，我這才注意到他今天沒打領帶。

我繼續打量著那如今已看來殘舊破敗的大樓，沉浸在那物是人非的感慨中，覺得自己像是個對著秋風細雨和落葉吟詩作對的文藝女青年。

「Belle。」這世界上只有一個人會用這個名字叫我。

我猛然回過頭，看見吳司年提著一袋正向外發出熱氣的車輪餅向我走過來，嘴角帶笑，眉眼乾淨，平時總是暈黃得混濁的路燈，今天打在他身上，卻是金燦燦的一圈。

吳司年走到我面前，蹲下來，讓視線和我齊平，用著一種哄小孩的語調問，「Belle，今天英文考幾分啊？」

我怔怔地看著他，久久說不出話。

在那一瞬間，我看到的不是吳司年，我好像又看到了念小學時的我。

那個在父母不斷爭吵中掙扎長大的我、那個被說明明有天才父母的好基因，卻還是不會念書的我、那個不論考幾分回家都得等著被打罵的我、那個因為太平凡總是在一輪又一輪的競爭裡落敗的我、那個即使落敗，還是日復一日揹著沉重書包走進補習班，一路待到晚上九點的我。

那個不快樂卻不敢說出來、只能默默逼著自己笑的我，還沒長大的我。

吳司年維持著蹲姿，很有耐心地柔聲再問了一遍，「Belle，今天英文考幾分啊？」

我望著他，望著他眼裡那溫暖搖曳如雪夜壁爐的光，嘴唇輕啟，卻只有乾澀的聲音，「零分。」

「零分啊？」吳司年微微一笑，「你一定很努力過了吧？這袋車輪餅給你，趁熱吃。」

我接過那還熱得燙手的車輪餅，眼淚卻像斷線的珍珠，一粒一粒晶瑩墜落，在破碎一地的透明裡，我不只看見了小時候沒自信又內向的我，也看到了沒錢到襯衫都洗得泛白了還沒辦法換的吳司年。

那是還在念大學的吳司年、會為了社會運動的正當性跟警察用盧梭辯論的吳司年、滿懷理想與夢想卻只能在補習班打工賺錢的吳司年、明明連自己的晚餐都買不起了，還是會買車輪餅給我吃的吳司年。

那個買完了車輪餅給我，就只能喝麥香充飢的吳司年。

給了童年缺愛的我很多關懷和溫暖的吳司年。

那時候，我不叫他吳司年，當然也不叫他吳教授，而是叫一個很洋氣的英文名字，「Lauren？」

吳司年笑了笑，沒有說話，只是慢慢把他的襯衫釦子解開，露出他形狀漂亮的鎖骨，和鎖骨下面刺著的草寫英文字，那個字，就是Lauren。

然後他說，「好久不見，Belle。」

Belle這個名字是我當初來補習的時候，吳司年給我取的。

我很快就知道了這個字在法文裡是漂亮的意思，但因為沒有任何一個人覺得我漂亮，連我都覺得自己相貌平平、身材普通，就換了一個非常普通的英文名字。Belle這個名字便被我棄置於一旁，跟那些小時候玩的玩具一起塵封在箱子最底部，偶爾還會被朋友拿出來開玩笑說些「你以為自己長得很漂亮哦」之類的話。

所以，那個名字對我來說，更像在嘲笑我身無長處，竟然還幻想當公主穿著漂亮裙子跟帥氣王子發展浪漫愛情。

這個世界上，只有吳司年會不帶任何惡意地用那個名字叫我。

他好像是，真心誠意地，覺得我很漂亮。

「我沒有喜歡其他人。」吳司年拿出他Burberry的格紋手帕，輕輕幫我擦掉臉上的眼淚。

「啊？」話題為什麼跳到這裡了？不能讓我再感動一下嗎？

「你在餐廳的時候，不是問我說我有沒有喜歡你朋友嗎？」吳司年把沾了我眼淚的手帕細心摺好，收進口袋裡。

「確實。」眼淚停了，腦袋裡的思緒也從過往回憶的泥沼裡脫離，變得清晰許多，「你不喜歡顧喬溪，對我這麼好幹嘛？」

吳司年愣了一下，但還是維持著笑，「我以前是有虐待你嗎？不然你怎麼對我誤解這麼深啊？」

「不然像你這樣的人說喜歡我，到底是想圖什麼？」畢竟我不高、不瘦、不漂亮，也不聰明沒才華。要說吳司年看上我的錢，他現在早已不是當年那個窮學生，事業有成、西裝筆挺，年紀也沒多大，沒必要靠著婚姻向上流動。

「我就不能只是單純喜歡你嗎？」吳司年非常無奈，但還是拿出了他所有的耐心，溫柔解釋，「我現在可能沒辦法給你一個非常好的理論解釋我為什麼喜歡你，但我很確定，你就是我不喜歡別人的理由，這樣你可以理解嗎？」

我看著吳司年，忽然想到一件非常重要的事情，「你在補習班教書的時候，是幾歲？」

吳司年不懂為什麼我會突然問這個，但還是回答了，「十九歲，怎麼了？」

「所以你口中那個十幾歲喜歡，然後喜歡十幾年的東西是我嗎？」

「嗯。」吳司年像被看破手腳的笨笨盜賊，抓了抓頭，尷尬又困窘，「你的推論是沒錯，但我們能不能留點隱晦的美感？」

「現在是談美感的時候嗎？你憑什麼把我當成個東西啊？」

「啊？覺得你不是個東西，這樣有比較好嗎？」
「你可以覺得我是個人啊！」
吳司年馬上轉移話題，「作為人得有條件吧？你覺得那條件是什麼？嗯？理論組？」
看著吳司年那戲謔的笑，我莫名來氣，「這題超綱了，學校沒教。」
「沒教是吧？沒事，你明天來我研究室，我教你。」
「不要。」我瞪了吳司年一眼，低下頭吃起了車輪餅，還好，再等久一點，車輪餅涼了就不好吃了。

「你怎麼每次吃東西都吃得到處都是啊？」明明是很嫌惡的話，吳司年的語氣卻近乎寵溺，他從口袋裡拿出一包衛生紙遞給我，「整理一下。」
這行為、這場景，都跟當年我還在補習班、而吳司年還在念大學時一模一樣。
時光匆匆流過，這世界卻完全沒有在變得更好，現實裡的苦難也總是冒冒失失地前來，令人焦慮、更令人憂鬱，繁華表面下是越來越大的貧富差距、越來越糟的治安狀況、和越來越多的社會問題，個體的所有努力好像都抵不過命運的一次隨機洗牌。
還好在這樣悲傷混亂的人世間，還有吳司年站在我旁邊，把十幾歲就開始喜歡的人，喜歡個十幾甚至幾十年。

「今天天氣真好。」我望著眼前的街道，周遭的建築物新舊交錯，馬路上的車水馬龍光芒閃耀，更往遠處看是愈來愈亮的霓虹燈，還帶著些許暑氣的空氣裡浮動著紙醉金迷的味道。

吳司年微微一笑，深邃的墨眸近乎寵溺，「是啊，我從來沒有遇過這麼好的天氣。」

番外

吳司年視角

我看著窗外的陽光，覺得有點抽離。

時空穿越了這麼幾次，我已經慢慢習慣每天早上都跟拆盲盒一樣，完全不知道自己會身在何方、又會遇見誰，現在這樣平靜穩定的生活反而讓我一下子有點無所適從。

我翻身下床，對著鏡子整理儀容，然後穿上西裝，打好領帶，藍色的領帶，跟林昀晞的高中制服一個顏色，我今天早上九點鐘有課。

開著我的全德國製賓士，穿梭在台北的車陣中，等紅燈的時候，停在我隔壁的機車騎士走到路邊，向早餐店阿姨買了個總匯三明治。熟悉的早晨、熟悉的風景，沒有任何驚喜，一切再度開始線性移動，遵循那些我熟悉的邏輯。

時空跳躍是真的結束了。

在我發現每次醒來都是明天而非去年或下個月的時候，清晰地認知到了這個事實。

時間再度線性移動，把我推回到規律的生活裡，繼續上班、教書、做研究、努力賺錢還房貸，而不是像那些煽情的好萊塢大片一樣，隨便獲得一個啟發就可以去冰島溜滑板，或是去異國他鄉尋找自我，追求性靈上的提升，那些電影主角都不用工作嗎？

都沒有房貸要繳？沒有一點經濟壓力嗎？

還是資本主義是一個幻覺，只有我深陷其中無法自拔？

「吳教授，教學評鑑。」姜青面無表情地冷聲提醒。

看吧，儘管經歷了時空跳躍以及一些跟小混混當街叫囂的刺激環節，我的生活整體來說還是乏善可陳，早上起來第一個跟我講話的人類甚至只在乎我什麼能生產出一份可以拿去搪塞教育局的教學評鑑，在養雞場籠子裡的雞接受的關心可能都比我多。

這世界真是一團垃圾。

我還沒想好一個冠冕堂皇的理由敷衍姜青，駱皓就先跟鬼魅一樣出身在姜青身後。

說是鬼魅有點不準確，其實地縛靈之類的比較貼近，因為駱皓總是會悄無聲息出現在任何有姜青的地方，就像這年輕天才背後深深的陰影，我甚至聽到幾個同事在茶水間裡偷偷打賭駱皓多久後會從姜青的主管升級成被告，剛好經過的我順手賭了三千塊。

不好意思了駱皓，但生活真的跟影印機黑白列印出來的新細明體一樣無聊，我必須給自己找點刺激。

「晚上一起吃飯啊？」駱皓看著我問，但我就算腦子燒壞了也知道駱皓想邀的人是姜青，我充其量只是個幌子讓他好開口。

「不要。」我對當電燈泡沒興趣。

我話音未落，駱皓就轉向了姜青，「晚上一起吃飯啊？」

反倒是姜青看著我，「還是吳教授去吧，我等等還有事情要處理。」

這是給駱皓軟釘子碰啊，基於微薄的同事情分，我平靜而愉快地提油救火，「多少女生排著隊想付錢跟駱皓一起吃晚飯啊？姜青你就去吧。」

姜青就是姜青，她冷著一張俏臉，「我可以排著隊付錢請人跟駱教授一起吃晚飯。」

我對著駱皓，揚起弧度剛好的笑容，「那真是太可惜了，不過劉叡可能有空，你要不約他一起吃晚飯？」

駱皓看起來想把我直接推下樓。

我們就這麼維持著風雨欲來的沉默氣氛，直到劉叡也踏進辦公室裡，站的位置剛好跟駱皓和姜青形成完美的等邊三角形，無形之中映射著他們三人錯綜複雜的感情關係。

劉叡是姜青的恩師兼博導，一路帶了姜青好多年，姜青卻在升博士班後自願去給駱皓當研究助理，而駱皓偏偏又毫不掩飾他對姜青盛大且熱烈的偏愛，整個三角戀成為學院裡最完美的娛樂節目，完全值得獲頒金馬獎的最佳劇情長片。

就在此時，尖銳的鳴笛聲刺進我耳膜，我衝到窗邊，看到奪目的白，和那白色上面一眼就能望見的紅色十字。

我掏出手機，瘋狂地撥打同一個號碼。

沒有接。

手機只有一個機械性的訊息：「您撥打的電話無人接聽，請稍後再撥。」

撥個毛線。

放下手機，我像著魔似地衝下樓，丟下我那錯愕的同事們。

駱皓冷涼的聲音飄散在我身後，「明年招聘的時候記得測試抗壓性。」

我在校園裡一眾人群驚訝的目光裡奔跑，夏天很熱，細密的汗珠很快就布滿了我全身，但我就這麼不知冷熱地跑著，手機畫面仍然停留在撥打電話。

刺耳的鳴笛聲仍在持續，救護車在我面前呼嘯而過，不知道裡面載的是誰。

不知道裡面載的是不是我的學生？

那個已經畢業了，卻還是偶爾迷糊時常尖酸刻薄的，我的學生。

心臟被恐懼給占滿，慌張堵住了我的氣管。

我難受得蹲在紅磚教學樓的角落，身旁的學生來來往往，沒有人過來問我一句發生了什麼，拍照上傳IG和抖音的倒是很多。

手機響了。

接聽鍵才剛被我按下，對面的怒吼聲便震耳欲聾，「吳司年！我在開會，然後你一口氣打三十七通電話給我是什麼意思！」

我沒有說話，只是閉上了眼，大口地喘著氣。

安心了。

「吳司年？」林昀晞的聲音染上了幾分焦急，「你怎麼了？身體不舒服嗎？需要我幫你叫救護車嗎？」

我稍稍調勻了氣息，「不用，救護車在我前面。」

「啊？」林昀晞愣了下，更急了，「你出事了是吧？出什麼事了？車禍嗎？還是怎麼了？心臟病？」

「不是，我沒事，真的沒事。」我在教學樓的臺階上坐了下來，看著前面的醫護人員忙上忙下，把一個渾身是血的學生抬上了擔架，在一片血汙之下，我仍能依稀看出那是一張很年輕的容顏。

「我只是……」只是，好想你。

好害怕再度失去你。

僅此而已。

「你真的沒事嗎？」林昀晞的聲音聽起來還是很擔心。
「沒事，真的。」這句話，我講了大概一萬遍。
「那我等一下還有個會要開，你有事隨時打給我。」林昀晞那邊的背景音傳來了同事的催促聲。
「好。」在掛掉電話前，我鼓起勇氣問了一句，「晚上可以一起吃個飯嗎？」
林昀晞頓了兩秒，才問，「幾點？在哪裡？」
「都可以，我去接你。」想了想覺得這回答好像有點太過霸道，我又補了句，「餐廳你選吧？」
「我今天沒空處理這事，你隨便選一家吧，一千塊以內的都可以，我真的沒錢了，然後我大概七點下班，加班我會通知你。」一口氣說完這些後，林昀晞就掛斷了電話。
握著過熱的手機，我輕輕笑了起來。
「吳教授需要心理諮商嗎？」清朗的嗓音，簡單的妝容，我抬起頭，非常意外地看到一身素淨的李若水正居高臨下地打量著我。
「李教授這是要出家嗎？」認識李若水這麼多年，頭一次看到她身上的顏色比調色盤裡的還少。
「這叫修身養性。」李若水笑了起來，她今天沒有拿任何一個名牌包，手上甚至連星巴克都沒有，「你剛剛跑那麼快是聽見救護車的聲音嗎？」
「不，我只是單純在訓練肌耐力，下禮拜有鐵人三項的比賽，你知道嗎？」

「我不知道，你怎麼會知道？」
「我也不知道，剛剛那是我亂編的。」
李若水斜瞪了我一眼，「你這種個性都不怕沒女生喜歡嗎？」
我聳聳肩，拍拍西裝褲上的灰，站了起來，現在換我居高臨下地打量她，「我又不需要很多女生喜歡，所以女生整體上在想什麼，不是我關心的重點。」
「那你關心的重點是什麼？」
「林昀晞。」

李若水笑了起來，「真是毫不意外的回答。」
「那你問幹嘛？」其實我已經不恨李若水了，為了讓我跟林昀晞能夠進入時空跳躍，她一定也交換了些什麼吧。
「關心你一下啊。」李若水大概也已經確認了我對她沒有敵意，姿態放鬆了不少，「你跟林昀晞交往了沒？」
可以不用放鬆到直接探人隱私沒關係，「沒有。」
李若水挑起修得細長的眉，「哦？是她不喜歡你？還是她不知道你喜歡她？」
「可能是前者吧。」我聳聳肩，「因為我跟她說過我喜歡她。」
「就說了你的個性不招女生喜歡吧。」李若水雖然語氣挖苦，但還是關心地又問了一句，「那你打算怎麼辦？放棄嗎？」

「為什麼要放棄？」我很困惑。

李若水看起來更困惑，「因為林昀晞不喜歡你啊。」

「所以呢？她喜不喜歡我跟我喜不喜歡她有什麼關係？我又不是在投資股票，要先想投資報酬率再考慮要付出多少心力。」

「不看投資報酬率看什麼？看林昀晞年輕漂亮嗎？」

「林昀晞確實年輕，也確實很漂亮。但我很有把握，即使這兩個特點都從她身上消失了，我還是會愛她。」我看著湛藍的晴空，微風穿透樹梢，陽光灑在學院裡的每個人身上，是閃閃發光的祝福，而我在這樣的祝福裡，用力承諾。

「因為林昀晞就是一個我身為人類，會一直深深愛著的人，不管她對我感覺如何，也不管她變得如何，喜歡就是喜歡啊。」

李若水看著我，沉默了很多秒鐘，最後只說了一句話，「被你這麼喜歡著的人，應該會很幸福吧？」

我偏過頭看著她，「不是因為被我喜歡所以幸福，而是因為我這麼喜歡，所以會努力讓她很幸福，這因果關係應該是這樣才對吧？」

「你是不是在學院裡待久了，連討論這麼浪漫的話題都要在乎因果關係？」

「你這種念物理出身的，不是應該更在乎因果邏輯嗎？」

「我只在乎因果報應。」

「那也算一種邏輯吧？」

「你慢慢在你研究室裡玩邏輯吧。」李若水嫌棄地瞟了我一眼，「我還要去指導實驗室裡那群笨蛋。」

「跟他們玩邏輯嗎？」我調侃，物理系這種理工科系做實驗一做就可以做到天荒地老，一路做到跟原本陌生的同組同學攜手去戶政事務所辦理結婚登記。

「都說是笨蛋了，哪來的邏輯？」李若水翻了個白眼，走了。

我看著李若水的背影，不免得想起了大學時候的事情。

李若水跟我其實是一個高中畢業的，只是高中時期的我們頂多只能說是聽過對方的名字，到大學了才真正熟起來，補習班那份打工也是她介紹給我，學生會等一些有的沒的事情也是她帶著我去，除了社會運動她向來沒興趣以外，大學時代的很多事情，都是李若水帶給我的。光和陰影都是。

但那些都過去了。

我已經有了，可以期待的未來。

我笑著，往跟李若水相反的方向走去。

在走去研究室的路上，我停下來，在便利商店買了瓶麥香紅茶，小瓶的，十塊錢。

曾幾何時，我能夠負擔的金額，已經遠遠超過十塊錢，現在的我能夠眼都不眨的買幾千塊錢的襯衫，但我真正想要的，還是那一年只花得起十塊錢買麥香當晚餐的我，即使那聽起來非常不幸，我還是非常想留住那段時光。

其實那時候的我也不是真的只有十塊錢，窮歸窮，吃頓晚飯的錢還是湊得出來，我只是選擇把錢花在了買林昀晞的車輪餅，那是她唯一笑起來的時候，也是我在那黯淡無光的日子，唯一覺得自己被當人而非被當工具看的時候。

我在補習班裡被分配到的第一個學生就是林昀晞，其他老師對她的評價就是脾氣很硬的一個小孩。

看著瘦瘦小小的林昀晞低頭趴在補習班的櫃檯上寫英語評量，我實在不能理解這小孩的脾氣哪裡硬。

後來才發現是我太天真了。

林昀晞是可以因為其他老師一句「你再不吃便當就給我全部倒掉」，而直接站起身，親手把自己一口沒動的便當全部丟進垃圾桶裡的人。那老師都看傻眼了，傻得明明是一個多少念過點書的人，還是打算直接用暴力解決問題。

林昀晞看著即將到來的肢體暴力，一點表情都沒有，只是木然地站著，好像已經習慣了。

我連思考都沒有，就衝上去把林昀晞推開。那一巴掌最後落在了我身上，其實不是很痛，更多的可能是羞辱感吧，哦，我說的是羞辱那個動手的老師，因為我看著他，斯文微笑，「我們南澤的學生是不動手的，請問您是哪個學校畢業？」

那個只有五專畢業的老師狠狠瞪著我，「這麼會教，你自己教。」

「沒問題。」從此以後，我教的科目就脫離了英文科，幾乎變成林昀晞的私人家教。

那一巴掌挨得可真值得。

隔天我去補習班的時候，林昀晞用力仰起頭看著我，「你是不是快要沒工作了？」

「啊？」我愣了一下，才意識到她是在說昨天那件事。

林昀晞從粉色小熊錢包裡拿出好幾張一百塊，遞給我，「給你。」

「為什麼給我？」我沒接，只是覺得莫名其妙。

「爸爸說沒工作就會餓死，但媽媽說只要有錢就沒關係。」林昀晞墊起腳，把那些一百塊全部塞進我手裡，「所以我給你錢，這樣你沒工作也沒關係。」

「我還是有工作的，別擔心。」我安慰她，「我有錢，去給你買車輪餅好不好？」

林昀晞點點頭，「我想吃奶油口味的。」

果然是小孩子，聽到甜食就忘了其他事。

那之後的每一天，我都會買車輪餅給林昀晞，證明我還有工作，還不會餓死，代價當然就是我每天都沒晚餐吃，差點因此餓死。

這就是我教第一個學生的全部過程，非常慘，賺的錢也非常少，但在遞出辭呈的當天，我回到狹窄的宿舍浴室裡哭了一整夜。

那是我人生最谷底的時候，沒有錢、沒有朋友、爸媽覺得我是個毫無前途的失敗品，所以跟著我那考進康乃爾醫學院的哥哥去美國，就此對我不管不顧。沒有人在乎我，就連跟著我一起搞社會運動的朋友，在乎的也都是弱勢底層和不公不義，渾然不覺我的痛苦，李若水甚至給我的大學生活下了個很精闢的註解：「我看不出你除了坐牢或是早死以外有什麼其他出路。」

沒有人看好我，就連我都對自己的人生持觀望態度。

除了林昀晞。

在教師節那天，林昀晞寫了一張卡片給我，字跡以小學生的標準來說算工整。

卡片上面寫著：Lauren，教師節快樂，你買的車輪餅很好吃，希望你以後每天都有工作，可以一直當我的榜樣。

雖然我覺得林昀晞是看在車輪餅的份上才寫了這張卡片，不過我還是很感動地把卡片收進皮夾裡，然後把林昀晞叫過來，問她，「你知道榜樣是什麼意思嗎？」
林昀晞懵懂地點頭，「就是榜樣做什麼，我就做什麼。」
我一聽就覺得這問題大了，要是真讓林昀晞跟我做一樣的事情，那我跟親手殺了她有什麼兩樣？要知道，那時候我沒錢、沒人緣、還總是在青島東路跟警察嗆聲，最擅長的事情是把自己的人生搞得跟發爛發臭的垃圾沒兩樣，把學生教成這樣子，我切腹自殺九九八十一次都不夠贖罪。
「抱歉啊，你換個榜樣吧。」我對著林昀晞雙手一攤，感覺眼眶裡的淚很滾燙。
「為什麼我的榜樣不能是Lauren？」林昀晞笑得天真單純，她遞給我一瓶麥香，「給你奶茶，當我的榜樣嘛。」
當時，我的眼淚差點就掉下來了。
在淚眼矇矓中，我聽見自己說好，說，「那我努力當個偉大的人，你也努力當個偉大的人，好不好？」
林昀晞似懂非懂地歪著頭，「可是我只想當個好人。」
「那我也當個好人。」我蹲下身，跟林昀晞視線平行，伸出手，「打勾勾？」
「打勾勾。」林昀晞那細小白嫩的大拇指輕輕按上我那粗糙中還帶著傷的指尖。
那天過後，我戒了菸、退出學生會跟所有的社會運動、拚命念書爭取公費留學的機會，然後拿著劍橋的錄取通知書和一張單程機票，坐上了前往英國的飛機。

最後，一路走到了今天。

我終於明白，我不要林昀晞像我。

那條我已經走過的路沒有坦途，漫長的黑夜裡全是肆意瘋長的荊棘，必須踩踏著一地破碎前行，甚至會在恍然回頭時驚覺手上全是細細密密的玻璃渣，不容於光的疼痛化成日日夜夜的折磨，別說成為一個好人了，我沒瘋掉都是奇蹟。

所以，我的瘋狂努力、我在殘酷的學位競爭裡狠狠拚搏的動力，是讓林昀晞不用經歷我已經走過的這些苦難和傷心，我要林昀晞放眼望去，都是風光明媚的景色。

如果可以，我多想我一張手，就能抖落出一個能夠隔絕所有風雨和磨難的斗篷，把林昀晞照在斗篷之下，讓她觸目所及，都是晴天。

我要的就是這樣。

我要林昀晞不像我。

我要她有更多的選擇權、也可以在不選擇時有更多的退路。

我就是她的退路。

手機響了。

接起來，是林昀晞。

「這是你第一次主動打電話給我啊，是發……」我話還沒說完，就被林昀晞給打斷了。

「我跟你說，我朋友她本來已經訂到一家很難訂的燒肉了，但她說她老公突然發燒沒辦法去，問我要不要接這個位子，快點，我等等就要回她了，你現在就得決定。」林昀晞一口氣說完這些，感覺都有些喘了。

「你先喝口水吧，工作忙嗎？」我拿著手機，氣定神閒地走到一個風景最好的角落。

「現在不是跟我談工作的時候，那個餐廳……」

「好。」

「啊？」

「你不是問我要不要去嗎？我說好啊。」

「那餐廳很貴啊，你不再想想嗎？」

「你不是叫我趕快決定嗎？我現在決定了啊。」

「哦，那我跟我朋友說了哦？」

「好啊，你再把時間地點傳給我。」

「喔，好，等等，你連時間地點都不知道就答應了？」

「至少我知道跟我吃飯的人是誰，你沒約別人吧？」

「這倒是沒有。」

「那記得把時間地點傳給我，我去接你下班。」

「哦。」林昀晞的背景音裡再度傳來她同事或主管的催促，「那我先掛了。」

「等等，」我叫住她，「我還有句話想跟你講。」

「什麼？」

「別擔心錢的問題，真的。」我微微一笑，講出這個物慾橫流的資本社會裡，最動人的告白。

「我會付錢。」

林昀晞視角

其實我並不確定為什麼我沒有申請研究所，但憑著那錯亂無序的記憶提供的一點點線索，大致可以推斷出在記憶混亂的這段時間裡，我很不快樂。

我不確定那時候的不快樂到底是來自學業還是來自其他因素，但不論是什麼原因，在心理狀況堪憂的情況下，放棄申請研究所很合理，甚至可以算得上很明智。

我慢慢習慣不要太過苛責自己已經做下的決定、不要再反覆回頭看過往的那些傷痛，而是往前看、往前走，繼續生活。

學士論文交出去後，我就正式畢業了。

對此，我也沒有太多怨言，因為我真的沒錢了。

我爸在發現我背著他偷偷轉進政治系後就把我所有的金援給停了，以為能用經濟壓力讓我動搖，肯定沒預料到我儲蓄習慣極為良好，手上積攢起的一筆錢省著花，竟然也讓我平安無事地把大學給唸完了。

不過，我想他也無所謂了，在和我媽離婚後沒多久，他就新找了一個年輕貌美只大我十歲多一點的小公主當太太，還順帶用這場婚姻弄來了一個國中就考進華陽高校資優班的天才兒子。他早就不在乎我的死活了，只要我別打擾他的新生活就行，最好安靜得跟死了一樣。

至於我媽呢，聽說她也已經找到了新的伴侶，那伴侶對她很好，給了她應得的幸福，我不能這麼厚顏無恥地去打亂她的生活，我已經用自己的意外降生毀掉過一次我媽的人生，同樣的事情我幹不出來第二次，所以我對於我媽的不聞不問一點也不恨，當年她也為了我的監護權拚死奮鬥過，只是沒有贏。

我爸家裡那個背景，怎麼贏？

「林昀晞，你發什麼呆？要開會了！」我的主管一腳踹上我的椅子，不愧是練過跆拳道的，直接把我給踹下位子。

我趕緊拿上文件跟主管一起走進會議室，我怕她一個不開心，直接踹開我的天靈蓋。

會議進行得挺順利，我的簡報沒有出任何差錯，底下的老闆們也很配合得斯文微笑，笑得我不寒而慄，那笑跟表面溫雅實則心狠的劉叡一個樣。

就在我的簡報快結束的時候，我的手機開始瘋狂震動，還好我習慣把聲音關掉，不然場面一定更尷尬。

我踏出會議室的第一件事情，就是撥電話給吳司年，劈頭就是一句，「吳司年！我在開會，然後你一口氣打三十七通電話給我是什麼意思！」

後面的謾罵還沒出口，我就聽見了救護車刺耳的鳴笛，跟吳司年大口喘氣的聲音。

那時候我心裡的慌張，壓都壓不住，就連我爸冷冷丟下那一句「你餓死了也別來找我」時，我心裡都沒那麼慌。

要是吳司年有個什麼三長兩短，我的心理承受能力一定當場崩潰。

吳司年對我的重要性，遠遠比我願意承認得還要高非常多。

「喂，那個新來的，報表。」一個資深同事衝著我喊，他也是南澤畢業，成天跩得個二五八萬，也不知道為什麼他明明這麼普通，卻可以這麼自信，難道這種強烈自信的養成是刻在y染色體裡，傳男不傳女嗎？

但我也不想剛入職就把發薪水給我的公司直接搞成古羅馬鬥獸場，只好默默忍耐，「知道了。」

想當然爾，像我這種職業拖延者，去上個廁所這種小事都能拖延了，何況是交報表，所以我一路拖到快四點半才開始做，並且在開始做的十分鐘後發現我晚上跟吳司年有約，不能遲到。

就算吳司年等得了，那家比我那資深同事更高傲更無禮的超熱門燒肉店可等不了。

我焦頭爛額地忙了兩個多小時，中間連喝水上廁所都不敢，搞得跟打仗一樣，深怕有點動靜就被敵軍掃射，當場陣亡。

就在我忙得三位一體的時候，我的主管走過來，表情非常複雜地把我耳機給拿下來，溫柔低語，「林昀晞，有個打領帶戴金絲眼鏡，穿的西裝不知道什麼牌子，反正看起來很貴的一個男的在公司樓下指名要找你追債，你欠了多少錢啊你？」

「追債？」我腦子還沒從Excel表格的精神折磨裡恢復過來，竟然還順著問下去，「他要多少錢？」

「不知道啊，他沒說。」主管兩手一攤，語氣無奈，但眼神兩眼放光，完全就是看熱鬧不嫌事大的興奮。

「不知道？」我愣了兩秒，腦袋終於轉過來，「那你怎麼知道他是來找我要錢的？」

「那男的穿成那樣，不是投行菁英就是從大律所聘來的律師，這兩種人跟禿鷹沒兩樣，盤旋在你身邊只有一種可能性。」

「啥？」

「你死了。」

我看著我的主管，我的主管也看著我，空氣都沉默了。

再這樣搞下去也不是辦法，不管是禿鷹還是小雞，我總得下去一探究竟，所以我跟主管要了十分鐘，把報表最後一點做完，確認寄出後，才穿好我那深海藍色的西裝外套，把東西帶齊，跟主管說，「我下去一趟。」

主管研究了幾秒我那大義赴死的崇高情操，毅然決然地決定，「我也跟你一起去吧。」

「新來就鬧事啊。」經過我那資深同事的時候，我還被這麼不冷不熱地嘲諷了一句。

我聳聳肩，小時候被家裡非打即罵訓練出來的心理承受能力，讓我對他這攻擊性微弱的話實在做不出什麼好反應，只好邀請他，「是啊，鬧事了，要一起下來看嗎？」

那資深同事的表情像被貞子扼住了喉嚨。

「真夠凶狠啊你。」在電梯門關上後，我的主管說，但因為我站在她後面的關係，我看不到她的表情。

「這是個稱讚嗎？」該不會我明天就被辭退了吧？

「算吧？你小時候很得人疼吧。」我的主管笑了笑，她是個挺過大風大浪的女人，從小因為是女生而爹不疼娘不愛，很年輕就嫁給一個吃軟飯的混帳，打了幾年官司終於離了婚，卻也因此欠了一屁股債，現在每天瘋狂工作拚命賺錢，為的就是能靠自己活下去。

「不是，你都說我凶狠了，我這種個性，能得人疼嗎？」諷刺我可以，但沒有邏輯這件事情我真的忍不了，不好意思，念理論的後遺症。

我的主管笑著瞟了我一眼，「不得人疼都養不出你這種個性啊。」

「是這樣嗎？」我點點頭，故意沉思了一下，假裝在鏡子前端詳我新買的白襯衫，然後才慢悠悠地說，「我爸媽在我國中就離婚了，因為我爸搞上了那個他大學才剛畢業的漂亮女秘書，可惜我媽撫養權沒爭贏。我後來就跟著那大我沒多少歲的後媽一起生活，哦，那後媽還給我爸生了個寶貝兒子，多好是不是？」

我的主管轉過頭來，震驚得都說不出話了。

電梯到一樓了，我禮貌地按住開門鍵，「楊組長，請。」

我主管看了我一眼，整理了下臉上的表情，掛上得體客氣的笑走了出去，不愧是在殘酷社會裡還能谷底翻身的強者。

「是Armani。」在我們走向我主管口中的「禿鷹」時，我這麼告訴她。

「什麼Armani？」我主管低聲問我，臉上還是專業的笑容。

我也低聲耳語回去，「你不是說你不知道那男的穿什麼牌子的西裝嗎？現在你知道了，是Armani。」

我主管口中的那男人穿著非常精緻的灰棕色西裝，合身的剪裁更襯托出他修長的身形，輪廓英挺的臉上確實架著一副金絲眼鏡。

「長得挺帥啊。」我主管低聲評價了一句，便快步走向那男人，「先生您好，請問您找誰？」

那男人沒立即回話，只是饒有興致地把目光落在我身上。

我只好擠出微笑，「吳教授好。」

吳司年的表情肉眼可見地從滿心歡喜瞬間變成巨大的失落，但他跟我主管一樣，也是努力拚搏上來的人，自制力不是一般的好，很快就扯開了一抹斯文沉穩的笑，禮貌介紹自己，「你好，我是吳司年，在南澤教國際政治，是林昀晞大學時的老師。」

我的主管很快遞了張名片出去，「你好，我是楊欣潔，是林昀晞的主管。」

吳司年意味深長地看了我一眼，我則用眼神苦苦哀求他，拜託他絕對別捅破我們兩人之間的曖昧，吳司年淺淺一笑，那通常是代表他看懂，而且同意了。

「楊小姐啊，我這個學生非常聰明，也很願意努力，以後就麻煩您好好照顧她。」吳司年從他MONT BLANC的皮夾裡面拿出一張印刷精緻的名片遞給我的主管，「昀晞才剛開始工作，難免有些不熟練的地方，就請楊主任多多關照。」

「不是主任，是組長。」我主管微笑更正，「我還沒有這麼高的位子。」

吳司年的腦子也轉得很快，「我相信以楊組長的才華，很快就能升成主任。」

我主管當然也聽得懂這是客氣話，簡單附和了幾句。

「對了，David張還在這裡做事嗎？」吳司年忽然問了這麼一句。

我主管愣了一下，才說，「張先生現在是我們的經理。」

「已經是經理了啊？真快，想當年我跟他在劍橋念書時還常一起喝酒呢。」吳司年好像跟這個David張很熟，「幫我跟他問好，就說Lauren吳來找過他，問他什麼時候有空一起喝酒。」

「好的，知道了。」我主管露出了對上級主管時的奉承笑容。

「那我去開車了啊，楊組長有需要去哪裡嗎？我可以順路載你一程。」吳司年得體微笑，淋漓盡致地展現著他的紳士風度。

「不用了謝謝，我等等還要工作。」我主管婉拒。

吳司年把視線轉向我，「那你在這裡等我一下，我去開車，等等要跟你談一下研究的事。」

「好的，吳教授。」我低眉順眼，嫻靜謙卑。

吳司年的身影剛從我視線中消失，我主管的聲音就在我耳邊響起，「別裝了。」

「啊？」那溫順的表情還來不及從我臉上撤下，又被這麼一震撼，搞得我臉部肌肉僵硬，需要點時間才能緩過來。

「那吳司年不只是你教授吧？」我的主管一針見血。

「你怎麼知道？」現在要會點通靈術才能當管理職嗎？

「他看你的那個眼神，分明就是熱戀期。」我的主管掛著一抹意味不明的笑，「如果他那眼神都能算師生之情，那我老公就是金城武。」

很有道理，「金城武好像結婚了，是跟你嗎？」

我的主管斜瞪了我一眼，「我就說吧，你就是有人疼著才能養出這個性。」

「什麼意思？」我不理解。

我的主管像在看一個含著金湯匙出身的三歲小孩，「你以為那個吳司年跟我打招呼只是因為客氣啊？那你可就太天真了。」

「不然呢？」還能有其他可能性嗎？

「他就是希望我多照顧下你，別讓你受委屈。」我的主管笑了笑，「我話就說到這裡了，再說下去，我怕他弄死我。他那種人有的是方法，你知道的。」

我不知道！

坐上吳司年副駕時，我就試探他，「我主管說你跟她打招呼，別有用心啊？」

吳司年握著方向盤，俐落地在繁忙的車流裡穿梭，「你那主管很敏銳。」

「什麼意思？」大人的世界真複雜。

「我剛剛那暗示連你都沒聽懂，她卻聽懂了，這不代表她很敏銳嗎？」

「我質疑的不是這個部分，而是你到底暗示了什麼？」

「暗示了什麼啊？」吳司年一笑，腳用力踩剎車，完美停在紅燈前面，他偏過頭，很認真地看著我，「暗示你背後有人罩著，別亂搞。」

「有人罩著？」我愣了一下，「你是說你嗎？」

「是啊，我都穿成這樣找到你們公司樓下了，誰還敢動你？」

「那我不就成了靠關係走後門的？」真是越想越氣憤，「我明明就是憑實力拿到這個職缺的，你憑什麼這樣亂傳我謠言？」

吳司年不屑地勾了勾嘴角，「謠言就算傳出去了，也沒人敢動你。人都是欺善怕惡，別不相信這點，低估了人性的殘酷。」

我看著吳司年，正想繼續跟他講大道理時，忽然認清了一個很重要的事實，「你是不是其實，只是想保護我？」

吳司年笑了起來，「我哪裡做得不夠明顯嗎？」

我看著這樣的吳司年，忽然有點感動，「我晚上請你喝酒？」

晚上的燒肉真的很好吃。

整頓飯下來，吳司年幾乎都沒什麼吃，光顧著幫我烤肉了，而且他一次烤四片肉，會分三片肉給我，「你多吃一點。」

「會變胖。」我嘴裡塞滿了烤得正好的豬五花，並且還打算繼續吃，使得這抱怨非常沒說服力。

「沒事，你現在太瘦了。」吳司年繼續夾肉給我，並且完全不讓我有機會碰到烤肉夾，好像他今天來就是打算當個五星好評的服務生。

「但你真的現在就要開始喝酒嗎？」吳司年默默把我的荔枝沙瓦推遠一些。

「現在都天黑了，我憑什麼不能喝酒啊？」我又加點了一杯檸檬沙瓦。

吳司年憂心忡忡地看著我，「你是不是壓力很大？」

最後我也不知道我吃了多少錢，因為吳司年趁著去洗手間的時候，偷偷結了帳。

「多少錢啊？我再轉給你吧？」走出餐廳的時候，我吃得超級飽，這樣再不付錢就要遭天譴了。

「不用了，你才剛開始工作，手上是能有多少錢？」吳司年語氣輕慢，但說的也是事實，「有錢了再還我吧。」

我自己的情況我心裡還沒點數啊，「就現在這就業情勢，我一輩子都不會有錢的。」

吳司年把他的精品皮夾收進口袋裡，順手接過我手上拿著的外套，「那你就把你的一輩子給我吧。」

「啊？」我愣愣地仰頭看著吳司年，這餐廳燈光打得很曖昧，忽明忽暗的光線流過他英挺的面容，形成他深邃眼裡錯落不定的光影。

吳司年沒有多解釋什麼，只是叫我等在這裡，他去開車過來。

外面其實下雨了，我沒有傘，吳司年也沒有，但他的選擇是自己淋雨去開車來接我。

看著他的背影，我慢慢能夠把小時候認識的那個Lauren跟現在的吳司年聯想在一起。

很多東西都能騙人，那些外在的東西，西裝啊、精品啊、頭銜啊、天花亂墜的話術啊，都很能騙人，但有些東西，裝也裝不了。

這些年來，吳司年從破舊的白襯衫換成Armani的西裝，從沒錢買晚餐變成可以隨便花幾千塊吃一頓飯，但他還是從前的那個他，矜貴、刻薄、專注、為了想要的東西拚盡全力，但他的善良與溫暖，其實都藏在那些，他費盡千辛萬苦打造出來的矜貴裡。

那些天生的貴族氣息，我在念華陽高校的幾年裡看了不少，更在劉叡身上體會得淋漓盡致，淡漠、斯文、有教養、總是笑著，但一背過身，就會毫不猶豫地為了利益把身邊的人給賣了。

吳司年不是這樣的人。

我非常慶幸他不是這樣的人。

「除了上次以外，你還有跟別人去過酒吧嗎？」吳司年問我這問題時目視前方路況，專注開車，但語氣卻有點緊張。

這有什麼好問的，「沒啊，怎麼了？」

「就問問。」吳司年鬆了口氣，顯得特別開心，我都沒見他這麼開心過。

「問問你也開心啊。」男人心，海底針。

「我就開心怎麼了？」吳司年一手打方向盤，另一手副駕駛座的椅背，準備倒車入庫，他的領帶打得很緊，裸露的一小截脖頸處透著淡淡的古龍水味，是帶著哲學氣息的中性香味，混和著茶香還有雪松，給人一種安定內斂的斯文感。

「走吧，是我朋友開的酒吧。」吳司年下車後，繞到副駕駛座幫我開門。

「你有朋友啊？」我非常困惑。

吳司年竟然也不生氣，「確實算不上朋友，但我很常跟他買威士忌，所以多少算是有點交情吧？」

跟吳司年認識的調酒師大約三十歲，身形非常纖瘦，染成棕色的鬈髮下是帶點憂鬱氣息的蒼白臉龐，穿著的灰色棉襯衫跟黑色背心上都有股淡淡的煙味。

那調酒師對著我揚起個玩世不恭的浪蕩笑，然後問吳司年，「你女人？」

我還沒開口，吳司年已經板起臉，冷聲說，「你說話放尊重一點。」

那調酒師當即就斂起了笑，「不好意思，吳夫人今天想喝什麼？」

吳司年差點抄起酒瓶砸在那調酒師臉上，被我給攔了下來，「我們今天喝酒還要付錢嗎？要的話我就讓他砸。」

那調酒師也是懂做生意的，當即見風轉舵，「當然不用了，我現在就去調兩杯本店招牌給你們，算我的。」

端上來的調酒不愧是招牌啊，弄得非常漂亮，是透亮的金黃色，上面還放著一朵用棉花糖做成的雲，可能是因為店裡真的太忙，調酒師只來得及跟我們說了句，「晚上好好玩啊，酒精能放鬆的。」

這話怎麼聽著那麼不對勁，但我想著也不能對不起人家的好意，便特意在那調酒師掃過來的目光裡喝了一大口酒，「挺好喝，好像是百香果的味道？」

「好喝啊？」吳司年也抿了一口酒，「你喜歡百香果？」

「算喜歡吧，這酒是用威士忌調的嗎？」我問吳司年，感覺他很常喝酒。

「看顏色就知道不是了，威士忌顏色比這深多了。」吳司年又再喝了口酒，細細嘗了下，忽然揪著領子把我從座位上拎了起來，「吐出來！把剛剛喝的全部都吐出來。」

「啊？」我還沒能完全理解吳司年的話，強烈的酒勁就翻湧上來，那杯百香果調酒甜美的外表下，灌得滿滿都是烈酒。

「林昀晞！你清醒一點！」吳司年用力搖晃著我的肩膀。

我最後的意識就停在這裡。

早晨的陽光灑落在空無一人的酒吧。

我在最角落的沙發區緩慢地甦醒過來，發現我身上還蓋著吳司年的外套和不知道哪裡弄來的毛毯。

「你醒了啊？」吳司年正坐在我對面的沙發上看康德，身上的西裝一點沒亂，都保持著昨天來接我時的那樣子。

宿醉讓我頭痛欲裂，我艱難地爬起身，花了整整一分鐘才理解到現在的狀況有多惡劣，「靠！我上班要遲到了。」

吳司年優雅地翻過一頁書，「今天是星期六，你們公司那麼不遵守勞基法嗎？」

我拿起手機確認了一下，確實是星期六，下午一點四十三分。

然後我又想起了一個更重要的事情，「我就這麼跟你孤男寡女共處一室地過了一晚上!?我操！你是不是變態啊你！對酒醉女生下手！你無恥！你下流！」

「你罵完了嗎？」吳司年特別平靜地看著我，完全讀不出他的情緒，「罵完就換我講了。」

我被他眼神噎得也不敢繼續往下罵，「那你講吧。」

「我沒碰你。」吳司年說完就低下頭看書了。

我看著吳司年那樣子，也都不知道該怎麼生氣了，只得趕忙摸一下身上的衣服，一件都沒少，衝去廁所裡面檢查了一下身體，外傷沒有，內傷也沒有。

吳司年說的是實話。

我走出廁所的時候，吳司年還在看書，搞得我也不好意思打擾他，只能默默坐在他對面，等著他搭理我。

這情景非常像我還在念大學的時候，坐在吳司年的研究室裡的樣子，只是當時他翻的不是書，而是我交上去的報告。

大概是書看到一個段落了，吳司年才闔上書，給了我一眼，「還想罵我是不是？」

「不是。」我趕忙否認，「你沒碰我。」

「我是沒碰你。」吳司年站起身，俯視著我，濃密的睫毛灑下深深的陰影，「但你碰了我。」

我的心臟停了。

我的人格碎了。

我比死在一八〇四年的康德還涼。

因為我太清楚，吳司年說得非常有可能是實話。

吳司年笑了起來。

他纖細的手指靈巧翻轉，濃黑色的領帶就鬆開了，用力一扯後，一團墨般的領帶正正摔在我臉上。

「下次領帶我會自己解開，嗯？」

吳司年的領帶是Hermes，摔在臉上的觸感怎麼說呢，真的是充滿了資本主義的味道。

雖然這在他邪魅一笑講出那句「下次領帶我會自己解開，嗯？」後，領帶是什麼牌子就不是重點了。

我的安危才是重點。

我趕忙後退兩步，「你別這樣啊。」

「為什麼？」吳司年正在慢條斯理地解開他西裝背心的釦子。

不是，你現在脫衣服什麼意思？

我是真的很慌，隨便掰一個理由，「因為你太瘦了。」

吳司年看著我，上挑的桃花眼似笑非笑，特別勾人，「你都沒看過怎麼知道？」

「這話題已經十八禁了吧。」我背脊發涼。

吳司年倒是一點不退，「你還沒滿十八嗎？」

「滿了。」我都大學畢業了，能不滿嗎？

「那不就好了嗎？」吳司年把背心脫下來，扔在沙發上。

這個劇情過了十八歲也不能隨便解鎖吧！

「吳司年！你別脫！」我仍然奮力掙扎，決不放棄。

「不好意思，我有身體自主權，穿什麼，不穿什麼，我自己決定。」吳司年的手指修長，是帶著文學氣息的手，古典、優雅、有力量、還有閱歷，可以一口咬掉靈魂，就是這樣一雙手，正在規律地解開襯衫釦子。

「吳司年你瘋了啊！這光天化日的！」我撲上前去，以一個非常沒節操的方式狠狠按住了他的手，和他手下那只隔了一層布料的腹肌。

很結實。

「怎麼？這光天化日的不能脫，難不成得等晚上夜深人靜了脫啊？」吳司年低頭望著我，他那濃密的眉毛像蝴蝶翅膀一樣，絢爛地遮蓋下來，襯得他本就墨黑的雙眸更加幽深。

「我拜託你別脫了，這傳出去不好看。」為了確保吳司年能明白我的意思，我又補充了一句，「不得體，真的，這樣不得體啊。」

「沒事，我身材很好，脫了也很得體，想不想看？」說著說著，吳司年已經解到最後一顆釦子，他那線條緊實的肌肉若隱若現。

我覺得他瘋了。

我也覺得我瘋了。

因為我好像，有那麼一點點想看。

「不講話就是默認想看了？」吳司年那骨節分明的手搭在襯衫邊，感覺他稍一用力，整件襯衫就能被他扯下來。

我聳聳肩，那一秒鐘，我看開了，「你真要脫我能有什麼辦法呢？確實，你說得沒錯，身體自主權是你的，要怎麼穿怎麼脫，決定權都在你身上，脫吧。」

吳司年不知道是聽話還是真的被我刺激到了，手一用力，就把整件襯衫脫了下來。

確實很精實啊，那身體。

撇開吳司年的教授身分不說，他肌肉線條流暢，腹肌更是跟被雕刻出來的一樣，稜角分明，該有的都有，完全就是可以上街頭跟人幹架的體格，而且很顯然吳司年曾經這麼做過，因為他那漂亮的肌肉線條上，布滿了或淺或深的傷口。

「好看嗎？」吳司年把手上的襯衫甩在沙發上，完全赤裸著上身，幸好他毛髮處理得很乾淨，衣服脫下來時，身上還帶著淡淡的薄荷味，可能是他平常用的沐浴乳吧。

「還行吧。」我把目光移開，耳根卻不受控制地發燙。

吳司年彎下身，細細研究我的表情，「你臉紅了。」

我狠狠瞪著吳司年，他就像一隻在玩弄老鼠的貓，勝券在握卻還想著殘忍折磨，「這麼玩弄我，你覺得很有意思是吧？」

「不。」吳司年重新坐回沙發上，抬頭望著正站著的我，「我只是有幾個問題想問你。」

現在這狀況，我也不好說什麼了，「你就直接問吧。」

吳司年還真就直接問了，「第一個問題：你以後還會想回南澤念書嗎？比如念研究所之類的？」

「呵。」我當場笑了出來，「我回南澤念研究所幹嘛？我有那個時間跟精力，還不如出國念。」

這個答案顯然讓吳司年很振奮，「那我問下一個問題了。」

我揮揮手，不耐煩地說，「行，你快點問吧，問完把衣服穿上。」

吳司年竟然還真就聽話地把衣服一件件地穿回來了。

就在吳司年沉默而緩慢地穿衣服的時候，我心裡浮現一個不好的預感。

我好像知道吳司年要問什麼了。

穿好衣服，甚至連領帶也整齊打好，吳司年用著我認識他以來，最嚴肅，也是最溫柔的表情看著我，「我能有這個榮幸，跟你交往嗎？」

我看著他的西裝，再看著他，「那你能保證你的身材不走樣嗎？」

「如果我能呢？」吳司年充滿希望地看著我。

「哦，那你就會出軌。」

我很確定吳司年現在一定在後悔他明明條件這麼好，為什麼要選我這種腦子有洞的。

「你現在還可以反悔。」我試圖安慰吳司年。

吳司年卻堅定地看著我，「我的人生有很多後悔的事情，但我非常慶幸，我能有這個機會喜歡你。」

「即使你可能沒辦法跟我在一起？」

吳司年卻笑了，「要不要跟我交往是你的選擇，但不管你怎麼選擇，我都會選擇一直喜歡你。」

雖然從吳司年的眼神裡，我已經知道答案了，但我還是再問了一次，「你剛剛那句話，是認真的嗎？」

吳司年筆直凝視著我，「我很認真。」

「吳司年，我們交往吧。」

後記

我其實本來沒打算寫後記的。

——這是我可以想到的，最爛的後記開頭。

不過我確實沒想過寫後記，原因除了懶，就是因為很相信「作者已死」這概念，我喜歡這種自由的想像力，有些答案自己找給自己就好。

但我還是寫了後記。

原因很單純：有人想看，而且我覺得有些事情解釋一下也不錯。

只是這些解釋，終歸是我找給自己的答案，而每一個人，都應該被鼓勵找一個最能讓自己舒服自在的視角，儘管那視角可能跟別人很不同，但每種答案、每種找尋，都是很珍貴、很美好的自由，充滿了蓬勃的能動性。

嗯，好像有點太複雜了？

還好，林昀晞和吳司年都不是太複雜的人。

相反地，在外人眼裡，他們是那種很容易被理解的類型，是標準的城市中產。他們相遇在很好的大學，有很好的社會資本，光鮮亮麗得像生活裡只有一帆風順一種劇本，在競爭裡總是一路領先，沒有曲折、沒有磨難、更沒有傷痕。

這是社會的眼光，而非他們真實的生活，但他們都沒有辯解，甚至覺得沒有過上那樣亮麗的中產生活、沒有成為一個合格的社會菁英，是自己不夠努力、不夠優秀、不夠善良，都是自己的錯，對世界冷嘲熱諷的同時，還是對沒有長成別人期望的模樣而心懷歉意。

這樣的歉意，林昫晞有、吳司年有，我也有，我看過很多人也有。

我國中跟高中念得都是很信奉升學主義的學校，課程總是教得很難、考試也總是排得很滿，直到現在我都還能清楚記得數學小考考卷的格式。

在那裡，我遇見了很多很會念書的學生，跟一些所謂的「資優生」變成了現在還會簡單聯絡的朋友，這些人多數都考進很好的學校，但在我記憶所及裡，我很少見他們真心誠意地快樂超過十分鐘。

都是很優秀的人啊，都有著閃閃發亮的前程，都願意為了不要看到家人失望的眼光，而埋藏自己的想望和悲傷，一路競爭、一路領先，在偶有落敗的時候，責怪的也是自己，怪自己不夠努力、不夠聰明、怪自己沒能站到更閃亮的地方、怪自己辜負了所有的栽培和期望，怪自己明知道正站在通往成功的獨木橋卻還行差踏錯、一不小心就變成了失敗品。

「如果我沒有接著申請到博士班的話，我就完蛋了。」我那剛錄取常春藤盟校研究所的朋友站在夜色裡，這麼對我說，說話的時候沒有特別的表情，語氣節制得像在討論晚間新聞的主題。

我沒有回話。

這樣的場景，這樣的對話，這樣覺得自己只要沒達標就滿盤皆輸的焦慮和抑鬱，我已經見過不只一次，每一次，我都不知道該回答什麼才比較得體。

在世俗意義上，這些人都是比我更優秀的人，念得學校比我更好、前途比我更光明，我實在不知道，到底要去到哪裡，他們才能真的開心。

他們能夠為自己的成就，打從心底開心嗎？

還是他們會在某一個等不到黎明的黑夜裡，站在某一個天臺，跟林昀晞一樣往下跳，抑或者，在那樣的黑夜裡，因為各種原因，而決定往下活。

往下跳還是往下活，可能是一瞬間的選擇題，但也可能是很漫長的申論題，只是繩索斷裂的那一秒鐘才會被發現，而慢慢磨損的過程常常被忽略。

對我來說，這本書，就是還原那被磨損的過程，讓我自己去理解：一個好好的人，是怎麼碎掉的？

以及，一個碎掉的人，該怎麼好好的？

林昀晞跟吳司年都是碎掉的人，也同時是好好的人。

他們很好，優秀斯文、成績很好，努力往社會的期望靠攏，就連碎掉的時候也要求自己碎得知書達禮，連枯萎的樣態都得像精心布置過後的枯山水，明明失去了所有明媚顏色，還必須裝出一種風雅的姿態，說服大家自己很好，好到已經失去了承認自己不好的能力。

絕對不能過得不好，就算這樣偏執的代價是必須抹掉自己的存在，也在所不惜，在這樣的意義上，林昀晞其實很極端，她甚至沒有想過要讓自己活下來。

她不在乎自己、也不在乎別人，更不在乎去死還是去活，對這個世界冷嘲熱諷，也樂於用揚棄自己當笑點，就連發現自己穿越的時候，都很冷靜，就連悲傷的時候，也呈現出淡漠的目光，但這樣的個性，卻也能夠用最冷靜也最直接的方式讓吳司年相信：他已經夠好。

林昀晞的不在乎，讓吳司年感覺解脫。

因為林昀晞始終都是個相信別人比相信自己多的人，表面上看起來灑脫，但其實是自卑到了極點的無所謂，因為太確定了自己不好，所以也不再介意別人覺得好或不好，直接拒絕所有善良，認為所有好意都是一種交換，而自己身上如果沒有值得交易的利益就沒有被愛的價值。

吳司年突破了這種林昀晞這種資本主義到自願把自己商品化的世界觀。

在吳司年毫不猶豫地衝到林昀晞面前、把林昀晞給拉開準備一打三的時候，林昀晞就知道了吳司年的心裡，沒有那種很世故的利益計算，至少在對待自己的時候沒有。

當然，吳司年一路打拼，能夠坐上今天的這個位子，他沒有太多天真的餘裕，他對這些人情世故多少有了解，也有自己應對進退、拿捏尺度來謀求利益的方式，但在面對林昀晞的時候，他拋開了那些複雜的考量。

近乎出於本能地，他把林昀晞放在了自己之前。

所以也是在吳司年決定不顧一切護住林昀晞的那一刻，林昀晞放下了她對吳司年的討厭，真心誠意地為吳司年的學術生涯著想，寧願放手一搏也不願意看到吳司年本該光明璀璨的未來因為她而付之一炬。甚至後來吳司年身體不舒服，曾經丟下吳司年轉頭就走的林昀晞，即使覺得麻煩，還是拖著吳司年往前走。

這也是為什麼吳司年對著林昀晞說「我很少真正去喜歡一個東西，就是從頭喜歡到尾的那種很少，所以如果我真的喜歡了點什麼，我會希望我能喜歡久一點，」時，林昀晞沒有下意識反駁，儘管以她的智商，她不可能沒有從前文後義中推斷出吳司年其實就是在隱晦地向她表白。

林昀晞一直都默默接收著吳司年的好意，也在自己都沒注意到的每一刻裡細細關注著吳司年的一舉一動，所以才能在那個天臺上，把所有吉光片羽串聯在一起，然後理解吳司年的自卑、脆弱，和那些故作矜貴背後的努力和辛酸。

這樣的理解，成了兩人能夠真正對話的起點。

也是吳司年喜歡林昀晞的開始。

吳司年有一段貧窮的過往。

他沒有否認自己曾經苦過，但盡力抹掉那段辛苦帶給自己的所有痕跡。

他穿很好的西裝、用很貴的筆，每個東西都閃閃發亮，隨時隨地都端著一個優雅矜貴的菁英做派，努力跟過去的自己切割，甚至對於自己那從貧寒打拼上來的過往非但沒有感到驕傲，還感到羞恥。

但林昀晞在看到貧窮的吳司年時，還是一樣的表情，就算吳司年褪去了他精心營造的斯文、只剩下具有侵略性的野性，林昀晞還是相信吳司年的才華足以讓他站在最好的學院裡，也不覺得吳司年需要任何憐憫、同情、或特殊關照。

對林昀晞來說，吳司年就是吳司年，不管他在哪個時空，是什麼模樣，都是一個不需要再努力變得更好更優秀的模樣。

吳司年想要的，就是這樣一個人，一個能更覺得他已經夠好的人，僅此而已。

他可能冷漠、可能刻薄，但他從來都不複雜。

吳司年跟林昀晞都不是複雜的人。

他們只是，擁有著殘破的內心卻還努力活下去的人。

是表面好好的、卻在內心裡碎掉的人，但即使碎掉，還是想當個好人。

吳司年跟林昀晞，都是好人。

他們讓已經碎掉的彼此，能夠好好生活下去。

希望我所有的朋友跟這本書的讀者，不論破碎與否，都能遇到那個，想讓自己繼續好好走下去的人。

最後，我也想謝謝秀威願意給我出版的機會，以及室友在我寫作過程中的鼎力協助，沒有這些人，這本書絕對無法這麼好地被完成。

人與人之間的交流是最珍貴的寶物啊。

要青春114　PG3027

要有光
FIAT LUX

時光另一邊

作　　者　夏　海
責任編輯　吳霽恆
圖文排版　許絜瑀
封面設計　張家碩

出版策劃　要有光
發 行 人　宋政坤
法律顧問　毛國樑　律師
印製發行　秀威資訊科技股份有限公司
114台北市內湖區瑞光路76巷65號1樓
電話：+886-2-2796-3638　傳真：+886-2-2796-1377
http://www.showwe.com.tw
劃撥帳號　19563868　戶名：秀威資訊科技股份有限公司
讀者服務信箱：service@showwe.com.tw
展售門市　國家書店（松江門市）
104台北市中山區松江路209號1樓
電話：+886-2-2518-0207　傳真：+886-2-2518-0778
網路訂購　秀威網路書店：https://store.showwe.tw
國家網路書店：https://www.govbooks.com.tw
總 經 銷　聯合發行股份有限公司
231新北市新店區寶橋路235巷6弄6號4F
電話：+886-2-2917-8022　傳真：+886-2-2915-6275

出版日期　2024年7月　BOD一版
定　　價　380元

國家圖書館出版品預行編目

時光另一邊 / 夏海著. -- 一版. -- 臺北市：
要有光,2024. 07
面；　公分. -- (要青春 ; 114)
BOD版
ISBN 978-626-7358-22-1 (平裝)

863.57　　113006086